捡起沙漏的碎粒

黄仁兴 ◎ 著

北方文艺出版社

图书在版编目（CIP）数据

捡起沙漏的碎粒 / 黄仁兴著 . -- 哈尔滨：北方文艺出版社，2021.7

ISBN 978-7-5317-5186-1

Ⅰ . ①捡… Ⅱ . ①黄… Ⅲ . ①散文集—中国—当代 Ⅳ . ① I267

中国版本图书馆 CIP 数据核字 (2021) 第 130264 号

捡起沙漏的碎粒
JIANQI SHALOU DE SUILI

作 者 / 黄仁兴

责任编辑 / 李正刚　　　　　　　封面设计 / 谢国瑞

出版发行 / 北方文艺出版社　　　网　址 / www.bfwy.com
邮　编 / 150008　　　　　　　　经　销 / 新华书店
地　址 / 哈尔滨市南岗区宣庆小区1号楼
发行电话 /（0451）86825533

印　刷 / 成都兴怡包装装潢有限公司　开　本 / 787mm×1092mm　1/16
字　数 / 160千　　　　　　　　　印　张 / 14.5
版　次 / 2021年7月第1版　　　　　印　次 / 2021年7月第1次印刷

书　号 / ISBN 978-7-5317-5186-1　定　价 / 56.00元

序言

心里种花，报告春天的消息
——读黄仁兴散文集《捡起沙漏的碎粒》

章以武

日照朗朗，花木扶疏，绿荫匝地的阳江日报社大门口，我结识了该报黄仁兴社长、总编辑。那是五年前啰，我们边喝茶边聊天。"阳江，是画坛大师关山月的故乡，欢迎您来这里采风讲学！"他口气自豪而又亲切。我笑眯眯地打量着他，这是一位模样干练的中年人。言谈中，他没有官腔、套话，对世间人情冷暖的识别有着记者特有的敏锐洞察力，对阳江的山山水水熟门熟路，如数家珍。我眼前仿佛闪动着他敞开衣领，大步行走在海边、田野、村寨、社区、工地的身影。而一说起改革开放以来阳江所发生的历史性巨变，他更是激情满怀，那一串串美妙的数字，从他带着时光风沙的嗓子里蹦跳出来！所以，2021年早春的深夜，在兰花的馨香里，读着他的散文《捡起沙漏的碎粒》，我感到格外亲切！

读仁兴散文，深感他有思想的光芒，有大爱的情怀，有深邃的双眼，这些亦使得他在纷繁复杂的社会中，发现、捕捉、提炼出有深度的、朴实的、生动的艺术形象。我们会看到一个在海边农村中生长的孩子，唱着家乡的童谣《白鹤仔》迎面走来；会看到一位少年坐在海边的岩石上，凝望碧波万顷的浪涛，憧憬着长大之后成为海军战士，实现保卫祖国海疆的梦想；会看到他双脚踩在革命老区表竹村的热土之上，那是人民解放军粤中纵队滨海总队恩阳台独立大队的根据地之一，倾听当地老战士讲述激情燃烧岁月的革命往事，他热血沸腾，更加坚定了为崇高理想而奋斗的神圣使命。其实，文学创作，短期看机遇，中期拼实力，长期靠人品。一个作家思想品格的良莠，决定着作品境界的高下。这在散文中尤其明显。与小说还有点不同，小说是虚构的，通过人物命运的波澜起伏次第展开，而散文以第一人称，记述的是真人真事。散文大多通过作者对客观事物的哲理思考与对生活判断的解释能力，形象地表述。所以，散文思想品格的高低往往一目了然。有的散文通篇锦绣，漫天花雨，美是美了，总让人感到轻飘飘，原因就在缺少思想的有力支撑。而在仁兴的散文中，看不到小打小闹的"杯底风波"，即使描写赶圩吃猪肠碌，也是吃出乡愁与民俗，小情调里有大情怀！

　　读仁兴的散文，漠阳江畔，改革开放的浪花飞溅，那振奋人心的消息扑面而来。广东拓必拓科技股份有限公司，留下他的身影，这家企业荣获德国慕尼黑IF设计的金奖。那是国际包装设计界的奥斯卡奖啊。绿色能源可为绿色发展提供强大支撑，海上风电作为可再生能源，是国家能源供给的重大革新。中国开发风能资源，体现了大国担当，大国气象。于是号角声声，锣鼓阵阵。"创力""华天龙""宇航58""海龙兴业"等风电建设单位都来此安营扎寨，打响了阳江海上风电的"蓝海会战"！那科学缜密的蓝图，那热火朝天的气势，在仁兴的散文中都是情感饱满的描绘！作家的创作应该是"心向上，脚向下"的！所谓心向上，即作家要把准时代信息万象的脉搏；所谓脚向下，即作家要义无反顾地深入生产第一线，将石破天惊的中国梦，及时形象地传递给读者——仁兴做到了！

仁兴的散文写作水平，是在巨人的肩膀上提高的。阳江，人杰地灵，英雄奇人辈出，举几个例子，著名语言学家黄伯荣教授，他的赤子情怀，至今感动着无数后来学者。中国美术理论界的翘楚陈醉教授，他是中国现代裸体艺术的拓荒者，始终认为故乡漠阳特色文化是他艺术的根。曾庆存院士获得第61届国际气象组织奖、2019年国家最高科学技术奖，以身许国显大气！关山月，国画大师，家喻户晓的"人民艺术家"……这些可敬可亲可爱的大师，出现在阳江，并非偶然，正是漠阳大地悠久的历史文化底蕴、独特的文化氛围孕育的结果！而仁兴作为晚辈，与这些前辈巨人亦师亦友，素有交往、聆听、学习的难得机会，受到这样那样的精神沐浴与陶冶也是必然的。仁兴之所以被前辈巨人赏识，这与他的真诚、修为、学养是分不开的。

搞文学创作需要聪明的脑子加笨功夫。创作的核心是写人，分析的是人，判断的是人，塑造的是人，没有聪明的脑袋行吗？！然而，笨功夫更是不易，创作的提高就是下笨功夫，几十年如一日地坚持，热爱它，不放弃，敬畏它，有毅力。仁兴做到了。

想想仁兴公务十分忙碌,多年来还能锲而不舍地爬格子。夜阑更深,在书房里,一个人的上天入地,一个人的奥林匹克,一个人的张灯结彩,何等不易!于是,写这篇短文表达我对他的敬意!

2021年早春于广州大学桂花岗寓所

(章以武,中国作家协会会员,广州大学人文学院教授,广东文艺终身成就奖获得者)

目 录

行走篇

2	寂寞而充实的日子
5	蓝色梦想
12	捡起沙漏的碎粒
17	难以忘却的表竹老区
29	高凉古韵 山海阳江
41	归去来兮忆延安
46	去平冈圩感受人生本味
49	去鄂尔多斯体验速度与激情
55	白云生处有天堂
61	粤西之行有感
64	守望回乡路
69	富美渔村入画来

人事篇

76	怀念黄伯荣先生
81	李伯振主政"两阳"成绩卓越
88	沉醉于书画艺术的陈醉
93	丰碑屹立慰忠魂
99	拓必拓的"秘史"
105	匠心木魂

110	羊城拜访岭南画派大师陈金章
115	你若盛开 蝴蝶自来
120	风劲帆满
131	老郑的"诗意"人生
134	《阳江日报》文艺副刊扫描
138	曾庆存院士的"大气"人生
145	紫荆花开
150	南海潮涌 丝路帆扬
	——"南海Ⅰ号"南宋沉船的传奇故事
157	一家之村取其净 一人之性取其坚
	——追忆乡土诗人李世燚和他的"一家村"

读思篇

164	新马泰行之思
170	品味读书、交友和修身
174	本土民俗文化的存亡
178	引沧浪之水兮 濯吾缨洗吾足
183	独钓寒江雪
189	独立人格造就伟大作家
192	清明时节话死生
197	再聊聊生死"摆渡"话题
202	万里关山月长明
209	金山湖畔听蝉鸣
215	大时代里的诗风与诗人

220	后记

行走篇

寂寞而充实的日子

我在乡下工作和生活了整整二十五年,对寂寞,近乎有一种魔鬼般的悟性。这期间,也自然历经了从混沌走向澄明的心路历程。

我是东平海边农村半咸半淡泥土喂养大的孩子。童年中我与小伙伴们亲密无间。那时候,我们喜欢在海边的围闸摸鱼、抓虾、捉蟹、捡贝,在尖顶山上摘稔子、玩弹弓、掏鸟巢、捅蜂窝。我们没有城里孩子那份宝贝娇气,囿于农村偏僻环境的限制,五六岁就充当了一个准劳力,帮着家里的成年人打下手。苦中有乐的是走在绿色的田埂上,一边撩拨着牛尾巴,一边跟大人哼乡间那些歌谣,那首《白鹤仔》至今尚令我记忆犹新:"白鹤仔,企横台,望着阿姑打路来,来到哪?来到屋背园,左手开门姑入屋,右手同姑接落鞋,铜盘装水姑洗脚,蜡烛点灯姑踏鞋,去归嗳,去归嗳,口含绿豆去归栽,绿豆生花攀过海,姐妹有心又爱来。"

记忆中,正是这些情真意切的童谣,第一次使我冥顽不化的脑壳有了丝丝开窍的缝。想来实在该给它记个头等功。8岁那年收完早造的稻子,我怀着少有的激动走进了校园。给我上人生第一课的启蒙先生姓林,名应慧,原是江城某小学的校长,后到我们这间乡下小学任教。政治上的挫折,使这位已年过半百的老人对自己的事业更加执着。他对学生要求很严,责任心又强,大家都敬畏地称他为"林公仔"。林老师是位出色的教书先生,三个学年下来,在他的教鞭指点下,我们懂得了许许多多做人的道理。我开始自觉地去找书读,用知识去填补自己的浅薄，用智慧去洗刷心灵愚昧的尘埃。从此，读书成了我单调生活中的重要内容，书籍成了我这个乡下少年认识外面世界的窗口。

从一所学校走向另一所学校，如从一级台阶向上迈一级台阶，一帘又一帘风景展现在我眼前。一路走来，回首之际，方发现已在人生的旅途中弯弯曲曲走过了十八个春夏秋冬。那一年江南秋雨后，我告别了养我育我的父老乡亲，开始了我的大学时光。人们常说，中学是拼过来的，大学是混过来的。我读的是最普通不过的师范院校，掂掂出路。为了弥补农村孩子物质上的缺陷，我把我的学习和生活安排得充满火药味，并开始用"文牛"作为笔名，提示和鞭策自己勤奋读书，努力写作。当别人在歌舞厅尽情地扭着屁股，享受现代社会的进步时，书本和笔成了我灵魂的避难所。在接到一连串的退稿后，终于，在报刊上有了我的"豆腐块"，这时，我第一次品尝到了寂寞生活的满足和回报。

毕业时，刚好碰上建市分县，我被分配到基层的镇政府工作。报到后才知道，这是一个建制不久的镇。生活的单调是无形的折磨，百般无奈之际，我又一次潜入了书海，秉承过往的习惯，整天静静地坐在书桌前倾听生人死人默默地诉说。

放假回家的时候，本想把这一切和盘告知母亲，但当我望见母亲日益多纹的额头时，心中便涌动着一种愧疚和不忍：做儿子的，工作后千万不能再让母亲牵肠挂肚了。后来，这个秘密终为母亲所识破，她沉吟有顷，仍像以前一样用一种和缓的口吻对我说："艰苦是艰苦了点，但总得耐心挨下去，农村仔搞个'米簿'不容易呀！"母亲的话算不上玄奥高深的大道理，但很实在。是的，比起默默无闻、日出而作日落而归的母亲，我这个国家干部的物质文化生活，虽够不上"中等发达"水平，但是也算得上是"小康"了。

庆幸的是，参加工作不久，我即结识了良师益友焱叔。焱叔官不大，是镇广播站站长，但颇有学识，写得一手好字和好诗，而且为人十分谦卑，很得人缘。他居家独处绿野之中，每逢节假日，我是他那"桃花源"的常客。一壶浊酒，一碟花生，忘却了东边日出西边雨。酒逢知己，其实是不用"千杯"的。笑看世界风云变幻，文坛上的阴晴圆缺，谈笑间，不觉又挥去了四年韶光。在这里，我没有家庭负担，没有感情纠葛，无聊使我全身心地学习、工作，再学习、再工作。在实践中，我学到了许多至为宝贵的经验和知识，领略了世间的人情冷暖。当我离开那里的时候，我已深深地爱上了那片使人逐渐老成持重的土地。

我常常想，在某种特定的环境下，人往往能因陋得幸，在逆境中奋起。要是我青少年时候家里富有得可供我游山玩水，或者终日身处灯红酒绿的花花世界中，像我这样本来就天资蠢笨之徒，不要说有什么大的作为，今天恐怕连一个字也写不出来了。

（原载 1995 年 5 月 21 日《阳江日报》）

蓝色梦想

人的梦想，大抵与生活环境相关。

我有过无数关于海洋的幻梦。曾几何时，生于海边长于海边的机缘，让少年的我，常常守着澎湃的海浪，对着望不到尽头的蓝色大海，浮想联翩：说不定哪一天，我也会远赴重洋，探秘湛蓝，开发大海……

我们这一代人，是看着《甲午风云》《南海风云》等影片成长的。这些影片，几近成了青少年时期我们永恒的精神记忆。

在《甲午风云》里，在1894年那场生死攸关的中日海战对决中，话剧表演艺术家李默然扮演的"致远号"管带邓世昌，定格了我们心目中永远的英雄形象。

在《南海风云》中，我们看到了南海美丽的自然风光以及海底世界里的奇珍异景，主题曲《西沙，我可爱的家乡》人们更是耳熟能详。"在那美丽富饶的西沙岛上，是我祖祖辈辈生长的地方，汗水洒满座座岛屿，古老的家乡繁荣兴旺。"从此我知道在浩瀚的南海，还有一块中国疆土叫西沙群岛。

影片的艺术感染力令人感奋，也增加了现实版故事的可信度。

在我的家乡，有两个家喻户晓的传奇故事。

故事之一，说的是1950年10月，中国人民志愿军跨过鸭绿江，我们村就有一位叫许贵贤的叔叔，报名参加了志愿军，奔赴朝鲜战场。在经历了不可想象的困难和一次又一次危险的战斗后，许叔叔成长为一位出色的指挥员。1974年，许叔叔率部参加中越南海西沙之战，他在战斗中英勇负伤，被送往北京海军总医院抢救，不幸于1975年10月牺牲。消息传来，全村男女老少无不伤心掉泪。

故事之二，讲的是20世纪50年代蒋介石统治集团乘大陆困难之际，派遣敌特在我们村附近的海岸登陆骚扰，当地民兵密切配合海防驻军，巧妙地消灭了敌人。为此，打头阵的民兵陈双叔叔还受到了毛泽东主席的接见。

现在回头想想，也许就是儿时这些际遇和梦想，让我对战争引发中国海军变革图强的历程产生了浓厚的兴趣，成为一个地道的军迷。我曾经前往威海卫，实地凭吊当年甲午海战的遗迹，当地对军史很有研究的一位朋友，给我介绍了战役的大概经过：

1894年（农历甲午年）末至1895年（农历乙未年）初，中日之间的威海卫战役在刘公岛周边海域打响，在自知无力回天之时，北洋提督丁汝昌不甘被部下胁迫而吞服鸦片，以身殉国。丁汝昌死后，兵痞牛昶昞盗用提督大印，发出投降书，从而导致堪称"亚洲第一海军"的北洋水师全军覆没。

威海卫战役无疑是中日甲午战争中的一次重要战役。中国之败，有人说是败在清廷腐败，在外敌入侵的形势下仍然挪用海军军费大修颐和园；也有人说是败在军纪松弛、作风涣散；更有人把责任归咎到海军提督丁汝昌个人身上，认为其凭借与李鸿章的同乡关系，从一位普通陆军军官，一路升到水师提督一职，纯粹外行统领内行，致派系林立，内耗严重。

对于这次战争，史界自有公论。但是掩卷沉思，如果用今天的眼光再审视这段硝烟弥漫、雄浑悲壮的历史，我们设身处地想一想，在当时特定的社会环境下，又有几人能真正做到"舍生取义赴国难"？在外敌进逼、内修不整、民生凋敝而未有重大变局之情势下，北洋水师的覆灭，根源还是在于清朝的腐败透顶。政府无能，民心涣散，江河日下，军队哪有心思去练兵和打仗？据史料分析，黄海海战中，日舰平均中弹11发，而北洋军舰平均中弹107发。海战中虽有爱国官兵殉国，但也不乏官兵战前嫖妓，战时怕死，谎报军情，不战而降。战争打到这个份儿上，任何个人也实难有所作为去扭转乾坤。战败的责任也就很难用一两句话来概括了。

　　以清朝北洋水师被打败为标志，中国的洋务运动彻底失败，而日本开始从政治、经济、军事各个方面全面超越中国，使得日本上至明治天皇，下至平民百姓无不信心大增，进一步加速了军事发展的步伐，拉开了半个世纪的侵华帷幕。其对中华民族子孙后代所带来的长久祸害，这一点恐怕是当时的投降派始料未及的。山东威海卫刘公岛，自此成为中国人心中一个永远抹不去伤痛、意味着耻辱的地方。

　　溯古抚今，你必须客观地承认，中国共产党是有能耐的。它把一盘散沙的中国民众团结起来，实现了民族独立，并且带领人民，把一个贫穷落后的中国，建设成国势蒸蒸日上、人民生活水平不断提高、民族复兴前景灿烂辉煌的中国。全世界200多个国家和地区，男女老少人口达到一亿的有11个，试问能够让8000多万成年人执行铁的纪律，随时准备为人民牺牲一切的政党有几个？

　　当然也有人表示过怀疑和不服。尤其是标榜自己是"民主骄子"的"山姆大叔"，就有过不应有的冲动。1950年朝鲜战争爆发，以美军为主的16国联合军队，把战火烧至中朝边境，当时联军统帅麦克阿瑟坐着军机飞到中国边境来吹牛，说"鸭绿江不是边界"。刚刚从战火中走出来的中国人民偏偏不信这个邪，毅然出兵担负起"抗美援朝、保家卫国"的重任。刚刚站起来的中国人，让美国人折兵换将，吃尽苦头，被迫于1953年7月27日签署了《朝鲜停战协定》。

带着对中国海军近距离了解的愿望，2016年7月11日，我和几位同人特意赶赴湛江海军军港参观。这一天是所谓"南海仲裁"的前一天，也恰逢中国海军三大舰队在西沙群岛军演胜利结束。我们找到了原来在南海舰队服役、现在任《湛江日报》副总编的韩海冰先生做"向导"。老韩是位资深水兵，曾深入东南亚多国执行任务，当过某支队政委，对海军很有感情，对军队建设的研究亦颇有心得。他送给我一本以他的亲身经历为题材写成的书，书名叫《记者眼中的中外海军》。

从湛江市区赶往军港的路上，老韩谈了自己对中国国防实力的认知。他说，从某种意义来说，国家的国防实力等于是综合国力乘以民族精神。尤其在今天，人类社会的一切都是建立在社会化大生产、大经济的基础上，社会诸方面已经成为一个紧密相关的有机整体，国防只有成为这个有机整体不可分割的一部分，才可能具有威力。衡量一个国家国防力量的强弱，涉及这个国家的政治、经济、科技、文化、外交等方面。随着综合国力的提高和国防建设力度的加大，特别是党的十八大之后，我们的国家包括在军队中全面开展反腐败，现在上下齐心，同仇敌忾。

说到这里，老韩停顿了一会儿，话锋一转。他说，由于中国在国防的软硬实力建设上起步较晚，因此我们要保持战略定力，树立一个大国防观，将国防建设放入整个国家乃至人类发展的大环境中进行思考、规划，在政治、经济、科技、文化、外交等多种手段配合下进行总体提高。现代国防建设作为一种国家基本行为的同时，也日益成为一种国际行为。我们要立足于自身实力，将国防目标定位于最基本的自卫目标层次上，立足于维护国家主权和领土完整。老韩的严谨和学养，让我对国防建设有了更深刻的了解，也增加了我对当代中国军人的崇敬。

半个小时的车程，我们进入了湛江军港的辖区。十里军港，宽阔的沿海道路两旁，椰林掩映、绿草茵茵。沿途雕塑、盆景、喷泉、凉亭随处可见；大型灯光球场、塑胶跑道、广场公园错落有致。"军港是水兵栖息的锚地，还是舰艇重要的后方基地。"见我们啧啧赞叹，老韩又拉开了话匣子，"古今中外，军港建设的优劣，直接关系着海军战斗力。这些年来，湛江军港，着眼于国际化标准，努力打造一流军港，一座码头直通战场的现代化军港正在完善。目前，他们已接待过美、英、法等几十个国家的舰艇来访，成为我军对外开放的重要窗口。"说话间，车已经进入军港停泊区。不远处，一字排开的几艘舰艇，正在利用现代先进设备进行供水、供油补给。在老韩的引领下，我们登上了"广州舰"。带我们参观的是一位海军少校，约一米八高的身材，英俊威猛。他说着一口标准流利的普通话，介绍装备时，还会冒出几句英文与国外的同类装备比较，彰显出现代中国军人的开放和自信。"广州舰"是我国自行设计制造的新一代导弹驱逐舰首舰，也是海军自主创新的标杆之一。"广州舰"展示的装备很全面、丰富，包括直升机、特种部队、对空导弹等，参观舰艇，与舰载直升机、特战装备零距离接触，观看这支"铁拳部队"的视频展示，让我们大饱眼福。少校介绍，除个别引进设备外，"广州舰"的武器装备基本实现国产化。

日益强大的中国，正在稳步推进我们的蓝色海洋战略。今年是中国海军舰队赴亚丁湾护航执勤的第八个年头，"广州舰"

曾与"青岛舰""深圳舰""舟山舰"等分别代表北海、东海、南海三支舰队，执行过亚丁湾、索马里海域护航等重大任务，维护了海运航线的安全，大大拓展了我们的战略空间。

　　站在"广州舰"上，我豪情满怀，感慨万千。我们的美丽家园是一个三分之二被海洋覆盖的蓝色星球。面对海洋，我们中国人有着极其复杂的情感，曾几何时，海洋给中华民族带来文明和荣耀，也给华夏子孙带来忧患和屈辱。近代百余年间，中国遭受来自海上的侵略竟达400多次。18000公里的海岸线，300万平方公里的海洋国土，呼唤着中华儿女奋发自强，建设强大国家，肩负起保卫海洋疆土、开发海洋资源的神圣责任。

军旗飘飘,飘扬的是我们国人的梦想。我豁然开朗,儿时憧憬着的中华民族走向远海、走向深蓝的大国海军梦和海洋强国梦,仿佛就在眼前。

(原载 2016 年 8 月 3 日《阳江日报》)

捡起沙漏的碎粒

一年四季，春夏秋冬，周而复始，大地不停地轮回着那些色彩斑斓的自然现象和人生百态。

自古逢秋悲寂寥。于笔者而言，冥冥之中与秋天就有一种切割不了的瓜葛与愁怨，总是在秋天失去许多快乐的时光。记得在农村的秋天里，还是幼儿的我，早上一觉醒来，总是发现母亲不在身旁，她已悄悄到村边的田野里劳作。我举目四望，因为恐惧而哭泣。幸得邻居的叔婆听到哭声走来，隔着门缝，指点我站到小凳上，将锁大门的门闩拉开，我才得以开门出来。也就在这时，母亲慌乱地丢下手中的农具，顺着我的哭声跑回来，一边用手心轻轻抚摸着我的额头，一边安慰着我："乖宝不要哭，妈妈不会丢下你的。"

那时，比起物质的匮乏，生活的乏味更让村子变得寂静。自我上学开始接受启蒙教育后，得益于父亲当基层干部，能到镇里的图书室借些诸如《红岩》《野火春风斗古城》《水浒传》《三国演义》的书籍，日子才好打发了许多。但因为还书的日期很短，兄弟姐妹只好轮流执卷，如饥似渴，挑灯夜读。这时如果是秋天，在天刚刚亮时，勤劳的母亲就会把我们叫醒，催促我们下田抢收稻子。稻子收完，清理完晒谷场，又要下地去挖番薯、犁地晒霜。乡下的农活，总是没完没了。害得我们老惦念着书里还没读完的故事，心痒痒的。好在辛苦的劳作间隙，吃饭时，兄弟姐妹四五个围在一起，边吃饭边聊着书里的故事情节，分享着读书的快乐，场面才雀跃起来。

父亲常常给我讲励志好学的故事，说"好记性不如烂笔头"，鼓励我养成读书做笔记的习惯。于是，我便到村里的小卖铺，买来几张白纸，小心地折叠切割好，做成了几个简易的笔记本。晚上，我就伏在并不怎么光亮的煤油灯下，将白天读的书或见闻记录下来。这种做法一直延续下来，参加工作后，有时没带笔记本，我就随手用小纸块把突然出现的灵感或一些有趣的物像记录下来，放在家里专门的箱子里，待有时间再进行整理。到今天，我家里还珍藏着十多本记得密密麻麻的笔记本，有时拿出来翻阅，当年的情形浮现在眼前，禁不住感慨万千。

山村秋天的日子，总是那样扑朔迷离。远处，夏天里绕着尖顶山哗啦啦直扑过来的溪水，眼下变得瘦瘦的，没有多少气力地漏过岩石边，几乎听不到一丝声响。村东头那棵老龙眼树，漫不经心地把阳光的热量收藏起来，圆鼓鼓、黄灿灿的果实压弯了枝头，成了记录秋光的标识。

那一阵子，我们往往在太阳快要下山的时候，才在十里开外的田野赶回家。劳累一整天的我，爬上晒棚顶，展开笔记本，遥望远方，脑子里生出了无限的想象力。恰在此时，一阵大雁的叫声，由远而近、由模糊而清晰地传到耳畔。我望着雁阵从天边而来，经过海面，自山梁飞过，在天空中形成了一个很大的人字，我好奇地产生了一连串疑问：大雁为什么总往南飞？飞到什么地方才是终点？中途小雁会不会失散迷路？屋檐下，父亲听到我的提问，笑了笑，然后平和而含蓄地说，每逢秋天，大雁南飞觅食、寻找栖息之所，是生命的本能，至于有没有找到"乐土"，那就要看它们的福分了。父亲说这话的时候，太阳眼看就要西下，村边的树林很不情愿地被涂上了一层墨色，四周的空间好似一下子凝重起来。我更怀疑，动物和人类的情感与命运是不是一样呢？有时大千世界，真可谓命运不由己，只能任其一路漂泊，走向无边的远方。

面对秋天的劳碌、疲累与压抑，我总是盼着秋天快一点过去，快一点结束！这样的感觉，在我的人生中有过无数次回放。

日子慢慢推移。少年时的好读，多少为我积累了一些文学素养和写作底子。正是这点三脚猫功夫，师范院校毕业后，我被破例"转行"分配到镇政府工作。

报到前，分管干部工作的区委组织部副部长找我单独谈话。他说，作为优秀学生干部，又有一定的写作基础，希望我到艰苦的岗位去好好工作，好好锻炼，将来才能担当重任。到镇里工作后，我发现，推行计划生育和夏秋粮征收这两大任务，需要镇干部职工起早摸黑做群众的思想工作，这就和我的"夜读"习惯产生了冲突。在镇里工作的第四个年头，镇党委政府换届，我便趁机向组织提出了调往区直机关的请求。镇领导再三挽留，说我综合能力不错，有冲劲，组织上已经规划我进班子，建议我继续留在镇里发展。我向组织表达了我的志向是做学问，我更热衷文学写作。恰好这个时候，阳东撤区改县，县委党校需要补充一位有一定理论功底和工作阅历的同志当教员。都是工作需要，镇里终于拗不过县里，我回到了县直机关工作。

我在县委党校工作了八年。除了备课上课，自己可以掌握的时间相对多了许多。我利用这段时间集中学习和写作，发表了许多文章，并参与编写了两本论著。这是我人生中第一个创作高峰期。这期间，我由一名普通教员成长为党校常务副校长。更重要的是，我利用三年半的工夫，攻读完了经济学研究生课程。导师给我开了十多本课外读物的书单，想不到我这个拼命三郎，硬是齐刷刷将其读完，丁点不漏，一本亚当·斯密写的468页的《国富论》，密密麻麻全是我带着问题思考的书批。老师笑了，说他见过聪明的学生很多，但是这么老实较劲的笨学生还是少数。也许是因为这个缘故，后来写作碰到经济类的知识时，我相对容易理解和运用。

此后，我被平调到了县委办公室工作。那几年，县里推行"四考""五考"，搞"五个一"工程，接着又来个滨海旅游大开发，县里成立了旅游景区建设指挥部，让我兼任办公室主任。我夜以继日，根本没时间做自己的"文学梦"。有时忙不过来，根本没有白昼和黑夜的区别，累了就在办公室的沙发上小憩，竟然养成了躺在沙发就能入睡的习惯。这个习惯在我职场生涯中一直保持着，沙发成了我放在办公室里的"充电宝"，在午休的间隙给自己疲惫的躯体填充精力。在办公室干了四年两个月，遇上市里拿出五个处级干部职位来公推公选，我有幸被选调到市直机关工作。这已经是2004年秋天后的事了。

我是市社科联专职副主席，主席由市委宣传部一名副部长兼任，业务上的事基本由我打理。三年半时间里，我专注于哲学社会科学的工作。同时，我充分利用节假日的时间，专心于文学创作，写出了一批文学作品。这是我人生的第二个创作春天。无独有偶，正当我沉浸在创作高产梦之际，市委在全市范围内搜寻"笔手"，我又一次"被需要"进了市委机关。又是八年光阴，那是一段艰难的日子，一篇接一篇的讲话稿，一个接一个的调研报告和政策文件，夜以继日，直教人大脑紧张、神经紧绷。我只有在夜深人静时，才能腾出时间写点自己感兴趣的文学类文稿。这时，我才体会到一位文学前辈曾经跟我讲的话：文学艺术是贵族的玩物。没有温饱之忧的写作，才是一种逍遥自在的精神享受，当写作被当作一门谋生职业时，那是一种充满痛苦和无奈的人生折磨。没有人能想象得出，没有果子的秋天会让人产生一种怎么样的感觉。今天,当我被调到阳江日报社工作,回到我从前喜欢的职业时,忽然觉得我比起许多文学前辈幸运得多幸福得多了。

  这样一想,远处秋风又快要来了,赶紧整装再出发,因为前方的路还会很长,风儿的理想还会很遥远,秋色的演绎还会延续。这回我不再怀疑自己的直觉,相信秋风萧瑟不会把自然万物侵蚀得太久远,坚信秋天渐渐远去,经过冬天的蓄势与孕育,一个热情奔放的春天一定会到来!

(写于2016年8月22日)

难以忘却的表竹老区

28年前,我大学毕业参加工作后,驻点的第一个行政村叫作表竹村,而这个村子就是阳江解放战争时期,在恩平、阳江、台山三县边界地区,活跃着一支革命武装队伍——人民解放军粤中纵队滨海总队恩阳台独立大队的根据地之一。一年多的驻村工作,让我有机会聆听当地干部群众讲述激情燃烧岁月的革命往事。

为了寻回那段记忆与红色故事,日前,我和报社的同事跟随黄学璇、黄德谦等多位参加解放战争的革命老同志,从市区出发,驱车南行40多公里的山路,重访了阳东新洲镇表竹革命老区。

一

走进表竹村,是一个深秋晴朗的下午。这是一个远离城市喧嚣的宁静乡村,远眺四野,山色青青,牛羊觅食,偶见村民在田间地头劳作,田园气息扑面而来。

田园画卷之下,掩藏着历史风云。黄学璇、黄德谦、林清、许炯、林崇芬等革命老人领着我们,行走村中各处,讲述那些战斗往事,寻找岁月留下的印记。黄学璇老人已是93岁高龄,黄德谦等几位老人也接近90岁,他们是当年表竹革命武装斗争的亲历者,参加了武工组,经受了血与火的考验。

随着几位老人的足迹,我们从村道折入一处木竹掩映的地方。几位老人介绍说,这里就是表竹小学旧址。小学由村民凑钱在1941年建成,既是村中孩子读书的地方,又长期作为恩阳台独立大队的参谋部。学校第一任校长黄登高就是地下党员。当年，黄学璇是学校教师，黄德谦曾经在学校读书。据他们回忆，那时候学校教室是部队营房，球场是练兵场，武工队员们就在这里学习爬墙爬梯等技能。独立大队创造的辉煌战绩，大多数在表竹小学策划，然后兴师出击。胜利后，革命武装队伍又回到表竹小学进行休整。

昔日的表竹小学，学校主体建筑是两栋青砖为墙的房屋，都是单层。由于废弃已久，四周荒草萋萋，瓦片屋顶上长满杂草。校舍后园古树挺立，粗的树可容一个成人环抱。残留的校舍、布满苔藓的石头和台阶，像是在诉说岁月的沧桑。踏足其间，学生琅琅的读书声，武工队员喊着刺杀的操练声，仿佛就在耳边。

表竹小学背后行出约200米，隔着一丛树林，就是表竹河了，河面宽约30米，水流潺潺，鹅群悠然浮游。据村中老人介绍，表竹河又叫掘冲河，村民以往在河中取水饮用和洗衣服，夏天就下河游泳，直到十多年前，河水仍然清澈，可以看到鱼虾游动。就是这条河，在解放战争时期，成为在表竹村活动的武工队员和革命群众的天然庇护。那时，河面上仅有一座独木桥连通两岸，遇有敌情，只需据守住北边桥头，武工队员和群众就可以从容撤退了。

老人们告诉我们，当年的独木桥也更换成了石头钢筋结构的小桥，由于年代久远，小桥桥身破败，栏杆断折，需要修整。站在桥面上，迎面而来一位乡亲赶着耕牛过桥，我们侧身闪避，无意之中回头望去，夕阳下，是一幅农人牵牛归的图景。

在村场和一口数十亩的长方形池塘边交接的角落，本地村民领着我们看一间三四米高的泥土夯实的旧屋。屋基用麻石铺成，村民指着旧屋中间一个长方形的孔洞说，这就是当年武工队员打国民党兵的枪眼。战争岁月，武工队员就藏在这屋里，掏出长枪通过枪眼，对企图进村袭扰的敌人进行还击。走近细看，枪眼周围还残留着一道道弹痕。这样的枪眼，在村中不少地方都能看到。

穿行于村场间，青砖瓦房鳞次栉比。临近黄昏的阳光下，藤蔓缠绕的古旧巷道中，两位阿婆在闲坐聊天。一问，老人都是90岁以上高龄。其中一位叫林翠芳的老人说，她的丈夫就是表竹村早期地下党员、武工队员黄诺，而她自己当年还给武工队员们做过饭。

来到村尾，面前一大片绿油油的稻田。同行的村干部介绍说，当年这一带叫"树荒"，全是茂密的树林，长满杂树，是武工队隐藏之所。每逢敌人侵扰，村民们就进"树荒"避难，武工队员也在"树荒"里开展革命活动。80多年过去，如今"树荒"已经多半被开垦成了良田。

二

发生在表竹村的革命斗争，是阳江劳苦大众争取翻身解放、谋求民族独立的光辉一页。它的发展进程，大致与全国解放战争大势紧密相连，敌我双方在这片土地上进行了殊死的搏斗。在残酷的战争中，众多革命志士和热血群众，以生命在表竹竖起了不朽的丰碑。

革命老人说，表竹村成为阳东甚至阳江地区我党领导下的革命武装的根据地，恩阳台三县边区革命活动的中心，既有地理环境方面的优势，也是历史因素使然。

首先是地理条件优越。表竹村三面环水，一面通山，村背后是密林，穿过密林经丘陵山地可通往新洲山区，向恩平、台山两地延伸。村形地貌适合游击战，进可攻退可守，而且易守难攻，所以组织上对表竹特别倾心。除此之外，表竹村被上级选定作为开展革命武装斗争的根据地，还有三个方面的考虑：一是村里培养了一批知识分子，大多数学生易于接受新生事物，思想上追求进步；二是不少群众深受压迫和剥削，反抗反动政府和封建势力的积极性高涨；三是全村有较多的储备粮，可为开展武装革命斗争提供物质基础。

在抗日战争时期，表竹就涌现了一批革命志士。1939年1月，我党就发展了在中山大学读书、因广州沦陷回乡的黄德鸿参加中国共产党。黄德鸿参加党训班后回表竹村发展党组织，开展抗日救亡工作，并和黄诺、黄德昭三人在表竹成立党小组，播下了革命的火种。此后抗日队伍不断壮大，前赴后继，积极参与抗击日本侵略者，保卫家乡。

解放战争前期，国民党为满足其全面发动内战的需要，加紧开展"三征"（征兵、征税、征粮），民众苦不堪言。同时，国民党阳江县保安营敖敏超部进入阳东地区"清剿"，在这样的形势下，自1947年开始，恩阳台独立大队以武工组的形式活跃在恩平、阳江、台山一带，以牵制和骚扰敌人。1949年4月10日，恩阳台独立大队召开大会宣告正式成立，马德里任大队长，赵向明任政委。当时，表竹村已经有68名武工队员及武装民兵，拥有68支长短枪。上级一有命令，他们就立即行动，在恩阳台独立大队和直属武工队的领导下投入战斗。

上级党组织选定表竹作为开展革命武装斗争的基地后，由于有党员骨干做支柱，团结争取了社会力量，广大群众被迅速发动组织起来，革命武装斗争很快呈燎原之势不断发展。

1948年7月，阳江地下党领导人陈国璋、林良荣从阳春兄弟游击部队带领武装骨干陈森、李良生、彭忠和黄德昭到阳东开展武装斗争，先到达横樟据点，后辗转来到表竹村。林良荣的妻子、阳江革命女英雄梁嗣和也来到阳东，动员农民和学生参军参战，并曾到表竹村开展革命工作。一时间，各路英雄风云际会于表竹。

为了加强与各据点的联络，地下党在表竹村建立阳东游击区地下联络总站，许航任站长；成立表竹武工组，黄德昭任组长，黄德谦和李水是组员。后来，为开展文字宣传工作，又建立了地下油印组，黄德基任组长。同时成立了税收组，黄德泮、黄钢、黄开新到三山乌石、新洲收猪税供给部队开支。同年11月，表竹村群众在地下党组织和武工组领导下迅速发动起来了，成立抗征会，推选黄广彤（黄德谦之父）为会长；不久，又组成了抗征队。

1949年3月1日，发生了三山圩活捉国民党催征队的战斗。这天，国民党阳江县政府梁仕举带领的武装催征队到三山圩逐户强行催征，在表竹村活动的武工组侦察到这一情况后，安排陈森带领武工组和"抗征会"的民兵，直插三山圩，催征队十余人全部束手就擒。经过这一仗，国民党政府再也不敢随便派人下乡搞"三征"了。

表竹也成为革命武装斗争的兵运站，各地参军参战的人都先到表竹村，再由表竹联络总站输送到各有关部队。表竹还主动筹集钱粮供给部队。据不完全统计，仅1948年、1949年两年间，表竹村从祖产以及"二五减租"征收的公粮支援部队的稻谷就有三万多斤，钱粮和各类物资价值白银三四千元。

老人们介绍说，从开展地下活动到恩阳台独立大队成立，表竹村一直是各武工队（组）和独立大队的大本营，是恩阳台三县边区地下党的活动中心,更是我军兵员转运的安全驻地。革命武装斗争开展后,自始至终未曾有谁向敌人通风报信。游击队开展打击敌人的战前策划方案,作战计划,行动措施,许多都由马德里、赵向明、林良荣、陈中福、许航、黄德昭、马文活、陈森等在表竹村集体研究决定。

几位革命老人对当年的战斗历史记忆犹新。除了1949年3月1日,三山圩速战全歼国民党"强征队",还组织开展了许多战斗。如:同年3月22日,活捉新洲伪巡官潘奕光夫妇;3月31日,远程奔袭塘仔收缴国大代表陈书畴家藏的武器;4月25日,二进新洲活捉及处决新任巡官陈文仲;5月5日,开展一打大沟,夜袭大沟乡公所,毙敌20余人,俘敌20余人,缴重机枪1挺、轻机枪1支、步枪20余支、子弹千余发,全歼国民党阳江县保安营敖敏超一个中队,随即宣布成立雄狮连;6月,开展新洲3次扰敌疲敌战斗;7月2日,开展马岭战斗;7月10日,开展二打大沟,全歼茹恩昌的联防中队,俘40余人枪;8月、9月,开展反"扫荡"战斗十余次;10月24日,开展寿长河伏击战……大小战斗20多次,很多都是在表竹村打响或从表竹兴师出发的。缴获敌人的枪支弹药和各种战利品,战士们又回到表竹村清点,进行战斗总结。

其中,发生于1949年7月2日的"马岭山下痛击'雷团'"战斗堪称独立大队的"经典战役"。恩阳台独立大队获悉情报称,国民党"雷团"70多人正由合山进新洲准备与敖敏超部会合围剿我革命武装,于是决定截击敌人。独立大队在松树山、马岭、表竹等地排兵布阵,形成伏击圈。当敌人从合山方向进入松树山伏击圈时,独立大队队员从敌人背后突然袭击,敌人一时慌乱,仓皇用机枪还击,边打边向表竹村撤退,又遭到埋伏在堤基的表竹民兵的伏击，敌人走投无路，只能向新洲方向逃窜。途中敖敏超部与"雷团"部两军相遇，竟自相接火，混战一场。战斗持续到下午3时，敌人遭袭胆战心惊，无心恋战，两部互相埋怨，狼狈地逃回新洲圩。

解放战争中，表竹村不少革命战士为了人民解放献出了宝贵的生命。1949年8月中旬，曾在表竹小学做过"伙头"的武装民兵黄德锐在参加攻打新洲敌人炮楼的战斗中，壮烈牺牲，年仅24岁。这年9月2日，新洲联防队队长蔡贵带领敌军一个中队，袭击表竹黄斗大环仔据点。交通员黄计保来不及远避，藏在村中一处草堆，被发现并拖出来，敌人当场你一枪托我一枪托把黄计保打得遍体鳞伤。接着把他抓到新洲驻地，施以酷刑后将其残忍杀害，黄计保牺牲时年仅31岁。

国民党军队把表竹武装看成眼中钉、肉中刺，先后疯狂地扫荡表竹村15次，进行烧、杀、抢。武工组和武装民兵对此英勇还击。其中，12次是表竹武工组和武装民兵跟敌人作战，3次是配合恩阳台独立大队直属武工队作战。敌人在多次扫荡中，抢走村民耕牛、生猪、三鸟和来不及转移的大批财物，还枪杀卖药的村民黄联玉，抓走村民10人。村民黄士通被误认为是游击队成员，被抓住押解到新洲伪乡公所准备枪毙，后来托人说情是卖猪肉的群众，交了稻谷20担才赎回来。被抓的村民黄德锦趁敌兵不在意得以逃脱。敌乡兵要捉拿黄德谦，却错抓了村民黄开始，并将黄开始绑押到新洲伪乡公所，决定中午饭后行刑枪决。黄开始趁着敌军吃饭疏忽大意才得以逃脱。村中的7名妇女被抓住当担夫，被折磨到精疲力竭才回来。

1949年下半年，意识到大势将去的国民党军试图垂死挣扎，对表竹进行了两次残酷的大扫荡。一次是上文提到的9月2日，新洲联防队队长蔡贵带领一个中队，袭击表竹黄斗大环仔据点，残忍杀害交通员黄计保，还抢走母鹅几百只和大肥猪一头，几乎把村中财物洗劫一空。

另一次发生在10月4日。敌粤南师管区林英部属黄德仪率部配合县保安队敖敏超部共300多人进犯表竹村，由伪乡兵李兜预先挨家挨户，将参加革命的同志的房屋用粉笔画上"〇"符号，凡墙上有"〇"符号的房屋都准备烧毁。敌军进村后，先扫一轮机枪，然后对画有"〇"符号的房屋进行指认，12栋房屋共60多间有"〇"符号的房屋被泼上煤油纵火。霎时间，全村硝烟弥漫、火光冲天。对那些没有画"〇"符号的房屋，国民党军官指令：把木门全部砸烂。当时，民兵队长黄广彤患重感冒发高烧，隐藏在村背密林中。他指挥和带领民兵战斗，与敌人激战于巷中，敌人没有做好与民兵战斗的准备，突然遭遇密集的火力，还不知道子弹是从哪里打来的，措手不及之下只能夹着尾巴仓皇逃命。敌军一跑，民兵立即抢占高地以防敌人反扑。留守村里的几位老妇人赶紧救火，有的到水井、池塘、河边挑水，有的抬着梯子爬上屋顶掀开瓦片灭火，随后不断有村民赶回来参加救火，大家从下午2点左右一直忙到黄昏时候，才把几十间屋的熊熊烈火给扑灭。

表竹村虽遭国民党十多次的残酷扫荡，房屋被敌人炮轰、烧毁，人被抓被杀，妇女被强奸，猪、牛、三鸟、财物被抢走，但表竹人民和革命战士并没有被反动派吓倒，他们的斗志反而更加顽强，人心更齐，战斗更加勇敢。

回忆起当年的鱼水情深，几位老人颇多感慨。黄德谦老人深情地回忆说："战士们回到表竹村这个大本营和革命堡垒时，不管到哪一家哪一户，都像亲人一样，得到群众的真情相待，留食留宿。"黄德昭、黄联丰、黄斗、黄德谦等家庭都是村里的"革命堡垒户",经常接待革命同志,对革命战士亲如兄弟。在艰苦的岁月里,表竹很多村民都把家中大门从门槛往上锯掉一截,为的是战斗爆发革命战士有伤亡时,可以随时拆下门板,当担架转移伤兵。

那时敌情复杂,敌人经常会发起偷袭,表竹村民随时给革命同志打掩护。一位革命老人回忆,有一次国民党兵进村扫荡,没有找到人,最后抓住一位阿婆,逼她说出一位武工队员的住处,这位阿婆机智地回答说:"村里打招呼都是叫小名,你说的是书名,我没听说过,不知道你说的是哪一位?"一句话说得国民党兵哑口无言,只得作罢。

度过黎明前的黑暗时刻,表竹革命战士和村民终于迎来光明。1949年10月23日,恩阳台独立大队到合山圩和二野四兵团十四军先头部队会合,为大军解放阳江带路和筹粮。表竹村的民兵队长黄广彤、副队长黄士举带领黄观幸、黄士运、黄开监、黄联庆、黄联俸、黄联益、黄基亮、黄联义、黄伏绪、黄德安等近30名武装骨干民兵一直配合恩阳台独立大队奋战到阳江解放。解放初,他们又协助阳江县革命武装大队清剿国民党残匪。通过革命战争的洗礼,表竹村有黄联彩、黄德超、黄坚、黄德、黄筹、黄开、黄贵、黄彪、黄联佩(女)、黄月明(女)等一批青年参加了人民解放军。黄联俸、黄德蛟、黄深、黄茹、黄联佩等人还参加了抗美援朝战争。

1953年,为缅怀在解放战争时期人民解放军粤中纵队滨海总队恩阳台独立大队和其他部队在阳东地区牺牲的革命烈士,人民政府在新洲镇建立了简易的革命烈士纪念碑。1968年重新建碑。1988年再度重修纪念碑。2006年12月,阳东县委县政府在表竹村委会牌楼前镌刻"表竹保卫战"石碑，以纪念那段革命武装斗争史，以史育人，启迪后代。

三

在探访中，从江城区妇联主席岗位退休的表竹籍干部黄文英，讲述了自己和两名表竹村妇女离奇又惊险的经历。她们三人都是1949年出生，在阳江解放前夕，刚一出世就在襁褓中感受到革命风云。这些故事，都是黄文英从其奶奶那里听来的。黄文英的奶奶叫陈改，表竹村民，1900年出生，于1991年离世。

第一个女孩叫黄开眉，出生于阳江解放前20天，也就是1949年10月4日，正值敌粤南师管区林英部伙同县保安营敖敏超部进村扫荡。黄开眉的母亲林娇临盆在即，在屋里待产。有五六名武工队员来不及躲到村背"树荒"，只得藏身产房，一名国民党军官气势汹汹地带队搜查，准备破门而入，助产的据五婆急中生智，指着门两边挂着的柚子叶，劝阻说："屋里大肚婆正在生孩子，随便闯进去会触霉头的。"国民党军官到处瞅了一番没有发现异常，只得悻悻而退。据五婆机智的应答，解救了几名革命同志。

第二个女孩叫黄塘月。其父亲黄士运喜得千金，于孩子满月之际在村中摆满月酒。酒席饭菜做好了，村民已经入座。突然村头传来急促的锣声，这是"走兵"的讯号。村民纷纷端起饭菜，往村后转移。来到一个叫三丫塘的地方，安全了，大家才席地而坐，继续吃满月酒。黄士运为了纪念这次经历，将女儿取名黄塘月，意思是，在三丫塘这个地方给女儿办的满月酒。

第三个故事是关于黄文英自己的。她的经历可以用"死里逃生"来形容。黄文英出生时，国民党兵经常进村扫荡。其父亲黄联庆是武装民兵。接生婆们担心"走兵"时小孩的哭声引来敌人，影响到乡亲们的安全，于是提出将其溺死。她们拿来尿桶，装了水，还拿来了粪箕准备装尸掩埋。此时，其母亲不忍心地说："等孩子她爹回来见最后一面吧。"不久，在外训练的黄联庆回来了，他对大家说："就要解放了，不用'走兵'了。"就这样，女孩的小命保住了。为了纪念女孩起死回生，生命有耐力，大家给她取了个小名，叫阿耐。

　　同行的几位老人，也讲起了几位交通员的故事。许炯，1930年出生。据其回忆，解放战争时期，阳东不少进步青年参加革命工作，成为党的交通员，奔走在秘密交通线上，为革命胜利做出了贡献。1948年前后，许炯准备去香港投奔大哥。后来在堂叔许航的引导下，参加革命，成为一名交通员，长期住在表竹小学，往返新洲、大沟、东平等地传送情报。老人说，当时交通员都是把情报折成烟卷模样，放在贴身的衣服里或者是帽子里，接受任务后，不论刮风下雨还是烈日，光着脚板立即就出发。不少交通员为了防身，身上还藏着驳壳枪。由于许炯个子较小，穿着学生服，不容易引起注意，传递情报信息从来没有失过手。

　　现年87岁的林清老人，籍贯雅韶平岚，是林良荣的学生。他讲述的是另一段交通员遇险的经历。有位交通员叫陈水源，从表竹村领到任务送情报，来到大沟逕口小学，适逢下大雨，于是在路边一个棚屋避雨，恰好遇上敖敏超部队沿途扫荡，也在这里避雨。陈水源来不及躲藏。敌军正准备盘问他，当时随队的一个保长，是"白皮红心"的进步人士，抢先走上前来，对着陈水源就是两个耳光，呵斥说："你不去好好放牛，在这里偷懒避雨干吗？"心领神会的陈水源，当即跑了出去。事后才知道，陈水源身上带着许多情报资料，如果被敌人发现，后果不堪设想。

我们用了整整一个下午的时间，探访了表竹革命老区。离开老区的时候，镇村两级干部给我们介绍说，党和政府对表竹老区的建设十分重视，一个老区全面振兴的方案正在规划之中。走在回程的水泥路上，一轮金黄色的夕阳正洒在悠悠表竹河两岸。两岸刚收割完稻谷的稻田，还挥洒着稻苗的芳香。我从内心里祝福表竹革命老区——前程似锦，人民幸福安康！

（原载2016年11月7日《阳江日报》）

高凉古韵　山海阳江

在祖国的南海之滨，有一处地形地貌像反马蹄的地理单元，这就是粤西的阳江市。阳江古称高凉，这里紧靠珠三角核心区，扼粤西要冲。7955.9平方公里的土地面积，背山面海。得天独厚的港口、土地、旅游等资源优越，顺畅便捷的交通区位，丰富多样的海洋资源，钟灵毓秀的山山水水，独树一帜的工业观光、宜居休闲的生态环境，成就了这座美丽滨海城市的后发魅力。近年来，随着阳江全力推进"以海兴市、绿色发展"的山海联动发展战略，以打造"国际知名休闲旅游度假胜地"为目标，主打"浪漫银滩、宋船古韵、温泉之乡、水墨阳江、休闲绿城"的旅游品牌，阳江有如深山里飞出的金凤凰，这片古老的土地正在吸引着越来越多人的目光，散发出越来越迷人的独特魅力。

一

水是生命之源。几乎所有的人类文明，都孕育于江河。美丽而古朴的漠阳江，孕育了独具魅力的漠阳文化。

发源于广东云浮市西南大云雾山南侧的漠阳江，全长199公里，像一条墨绿色的绸带，盘旋延绵贯穿阳江境内的阳春、阳东、江城三个县级市（区），在阳东区经北津港注入浩瀚南海。漠阳江流域面积6091平方公里，其西面和北面有一系列东北—西南走向的山脉阻挡，形成了一个相对封闭的地理环境。每年来自海洋的季风和台风在山地前缘产生大量降雨，致使漠阳江流量丰沛，成为广东省径流系数最大的河流。

漠阳江流域属亚热带季风气候区，光照时间长，气候温和。

远古的时候，这里就居住着俚人、僚人、瑶人和疍人等古越人。据民俗学者的研究，古越语中，"牛"为"莫"，"羊"为"阳"，"莫阳"就是牛羊的意思，说明古代的漠阳江流域水丰草肥、物种丰富，是牛羊聚居的地方。当18000年前北京的山顶洞人燧石取火，燃起神州大地第一把火炬之后，约在14900年前，漠阳江流域原始人类也住进了现阳春市陂面镇独石仔的洞穴里，他们也学会了人工取火技术，懂得了享用熟食，告别了茹毛饮血的时代。

我们的祖先一路走来，脚下的这片土地，也逐渐统合到华夏文明的大版图中，于是有了有据可查的2000多年的历史沿革。秦统一中国后，马鞭所及之处，皆推行郡县制，漠阳江流域则隶属南海郡。据有关史料记载，公元前111年，汉朝廷设了合浦郡高凉县，阳江地域隶属高凉县。至隋开皇十八年（公元598年），把安宁县、高凉县各分出部分地方合成一个新县——阳江县，阳江县因此得名。阳江县与建于公元523年的阳春县，于1988年从江门市划分出来，合为地级建制阳江市。

笔者对母亲河漠阳江的了解，最早来自篇幅有限的乡土教材和非常零散的历史资料。参加工作之后，因业务的便利，方才真正比较全面地感知这条传导独特文化情愫的河流。一次调研水务工作，怀着景仰之情，笔者一行人坐着中巴车奔赴云雾山的半山腰处，然后换乘越野车爬越近半个小时的崎岖山路，再步行穿越一段灌木丛生的小道，终于来到了漠阳江的源头——云雾山脉的大风坳与五点梅峰山间峡谷。但见那山涧水从山坑处潺潺流出，涓涓细流，清澈见底。笔者禁不住在溪流边弯下腰，啜了一口泉水，顿觉清爽甘甜，直透肺腑。我们兴致盎然地跟着溪水蜿蜒绕山而行，溪水流至开阔处才汇聚成河流。同行的水利部门专家介绍说，漠阳江源头水穿越玉溪三洞、凌霄岩，再穿越美丽的春湾、春城，一路南下，过岗美、双捷，穿越江城，浩浩荡荡奔流至南海……

二

阳江的地理空间组合佳巧天成。地势由北向南倾斜的漠阳江流域，上游地貌以山地为主，河谷狭窄，溪流众多，比降大，水流急，自然风光旖旎。

走进这片水墨般的土地，满眼皆是原始古朴的风貌，蓝天、江湖、森林、草地，珍稀动植物遍布其间，生物多样性特征显著，这里有野生植物650多种、野生动物100多种，其中有不少是珍稀物种，如杜鹃红山茶、猪血木等就是国家一级保护植物。中游为狭长的河谷盆地和小平原，是发育得很好的典型的喀斯特地貌，石山簇拥，林洞互衬，湖山相映，被誉为"百里画廊"，是广东的"小桂林"。这里处处田园牧歌，小桥流水，地形地貌多有相似。"白云生处有人家"，走过一山又一山，山还似那座山，水还似那道水，就连朝晚守望着这片故土的主人，都有走错路认错家门的时候。这里的凌霄岩洞是国家地质公园，其喀斯特地貌胜景，极尽鬼斧神工之妙，被誉为"南国第一洞府"。漠阳江与蟠龙河汇合处，有一四季如春的安谧山城——阳春。玲珑秀美的春城，如小家碧玉，从空中鸟瞰，宛若一盆放大了的盆景。水的柔媚，石的奇绝，叠加成了这座山城的韵味和气质。阳春人尤其以质朴和工匠精神见长，古木根雕、根书根艺、竹藤木器，独具匠心。百姓们对孔雀石、黄蜡石费心费力的精美打扮，为阳春赢得了"中国孔雀石之乡"的美誉。因为百姓的精耕细作，阳春更有"春砂仁之乡""马水橘之乡"之称。

顺江而下，从漠阳江中下游至出海口两岸沿海，尽是肥沃的冲积平原。据考究,漠阳江流域系冷暖气流交接静止地。广东海岸带,以阳江为界,其北基本为上升海岸,以南基本为下降海岸。阳江在两者交会点上,海岸以下沉为主,故形成不少优良的港湾。另外,珠江水体出珠江口以后,受地球旋转惯性的影响,西南流到漠阳江口附近就不再前行。丰沛的漠阳江水与珠江水交汇,水体性质差异显著,吸引各种鱼类汇集,阳江沿海靠珠江西岸边缘地带形成著名的渔场。漠阳江出海口处,河床宽阔,水平势缓,阡陌交错。两岸的鱼围区、虾围区密布,黄鬃鹅、青头鸭成群,一派鱼米之乡的景象映入眼帘。

得益于水网地带经济发达,阳江还是广东省四大传统手工业基地之一,阳江的五金刀剪制作历史悠久,工艺精湛,产量占全国总产量七成以上,出口占全国八成,产品不仅供销国内,更远销国外。阳江漆器制作历史悠久,清末时已驰名中外,与小刀、豆豉并称"阳江三宝"。

三

从历史上看,古代的阳江已经成为海上航行补给基地、海防基地。

北宋文学家、地理学家乐史所著《太平寰宇记》载,南恩州"既当五州之要路,由是颇有广陵(今江苏扬州)、会稽(今浙江绍兴)贾人船循海东南而至,故吴越所产之物不乏于斯"。南恩州有海岛名罗洲,亦即溽州,为南海航线上重要寄碇之处。"中国最美十大海岛"之一的海陵岛,在南宋最后一个皇帝赵昺投海自尽前,一直称为溽洲或螺洲。溽洲以东的航线尚可沿海岸而行,以西则直放大洋。据北宋地理学家朱彧《萍洲可谈》卷二称:"广州自小海至溽洲七百里,溽洲有望舶巡检司,谓之一望,稍北又有第二、第三望，过溽洲则沧溟矣。商舶去时少需以诀，然后解去，谓之放洋；还至溽洲，帽相应贺，寨兵有酒肉之馈，并防护赴广州。"这些文字，清楚说明宋代阳江多处为海上丝绸之路所经之地，是重要的海上交通贸易地点。明代，阳江继续作为海防重地，发生过多起抗击倭寇的战役。20世纪20年代中期，有地方豪强势力欲把海陵岛租借给港英政府，因阳江民众坚决抗争而未能得逞。孙中山先生也在《建国方略》中提出开发海陵岛作为商埠的构想。近年来，沉寂海底800多年的"南海Ⅰ号"大宋商船被打捞出水，进一步证实了历史文献记载阳江海上贸易繁华的可信度。

历史上阳江行政长期归入肇庆府。据测量，西江支流新兴河头与阳春黄泥湾两河分水岭之间，相距仅18公里，历代都有人建议在此开凿一条运河，清初屈大均在《广东新语·水语》中提过，民国时期还做过测量。阳江籍中山大学地理科学与规划学院教授司徒尚纪已向省政府重提此事，希望借此开辟西江新航道，激活北津港，改善生态环境。如获成功，昔日漠阳江上波光粼粼、艄公号动、船来船往，岸边青纱薄雾、琼楼玉宇、灯火璀璨的愿景必将再现。

一方水土养一方人。地理环境是人类赖以生存和发展的物质基础，也是人类意识或精神产生的前提。阳江资源禀赋得天独厚，山、海、泉、湖、林、洞遍布全市，除了岩溶地貌千姿百态，地热资源众多，如春都温泉、合山温泉、新洲沸泉、阳西咸水矿温泉等深受游人喜爱外，滨海旅游资源也十分丰富，拥有26处异彩纷呈可供开发的优质海滩，被评为"中国十大宝岛"之一的海陵岛天生丽质、海风漫卷，以阳光、沙滩、海浪、海港、AAAAA级旅游景区大角湾和"南海Ⅰ号"闻名于世，还有阳东东平的珍珠湾、阳西沙扒的月亮湾，沙滩资源十分优良，一滩一景，各具特色。

阳江的人文、历史精华景观也为数不少，有始建于唐开元年间的石觉寺，有始建于宋朝的北山石塔，有粤西著名的大垌山净业寺，有南宋英雄太傅张世杰墓庙，有市民喜爱的新景观鸳鸯湖景区、金山植物公园、阳江森林公园、冼夫人纪念馆等。

换而言之，优越的地理环境和物质禀赋，为漠阳江人的发展与文明创造提供了稳定的自然环境和丰富的物质条件。

四

壮丽的山河，秀美的景色，对漠阳江人文化心理及审美趣味产生了深远影响。

漠阳文化古朴深厚，漠阳江人豁达包容、奋发自强。孕育了漠阳文化的漠阳江，滋养了一代又一代漠阳儿女。这里人文荟萃，交相辉映，被隋文帝册封为谯国夫人的冼夫人就是一位杰出代表。这位奇女子一生致力于国家的统一和民族的团结，保证了社会的和平稳定，促进了岭南地区的经济发展。她以国为重、以民为本的家国情怀代代相传。一代"岭南画派"国画大师关山月，每次作画落款时，都要题上"漠阳关山月"几个字，以表达他对故土的挚恋之情。他于1959年与傅抱石合作的画作，毛泽东主席亲为题词："江山如此多娇。"这幅悬挂在北京人民大会堂的巨幅山水画，让漠阳儿女倍感自豪。此外，教育家邓琳、南国诗人阮退之、辛亥革命志士李萁、著名语言学家黄伯荣、著名油画家苏天赐、著名书法家黄云、《新四军军歌》曲作者何士德、中国科学院院士曾庆存、著名学者陈醉、著名学者林贤治……他们都出生于阳江这片热土，受到漠阳文化的熏陶和浸润。

阳江秀美的山水风光，独特的人文气息，也引发不少过往文人墨客的兴致，不少人留下了脍炙人口的诗联。明代著名戏曲作家汤显祖做客阳江时，留下了"峰如眉黛翠如环，破镜迷离烟雾间。昨夜双鱼何处所，咸船多在海陵山"等诗句。1958年陶铸同志在考察海陵岛时，写下了"帝子南来竟不回，海陵荒冢对斜晖。涛声漫诉兴亡恨，风啸空增洋海威。且喜望天勤水利，更惊穷垌养鱼肥。千斤亩产期明日，一道长堤接翠微"的豪迈诗篇。

阳江是书画工艺文化之乡。截至目前，拥有国家级"非遗"名录1个（漆器髹饰技艺）、省级名录11个、市级名录14个，有省级"非遗"传承人17位、市级传承人21位；有国家级书法家23人、省级书法家206人、市级书法家近500人；国家级美术家8人、省级美术家45人、市级美术家457人；省级以上作家28人、市级作家185人。在阳江，博物馆、书画馆、奇石馆、音乐馆、诗歌馆比比皆是，男女老少舞文弄墨，或画或书，或弹或唱，自以为乐，时时处处让人感受到浓浓的文化气息。

阳江是诗词之市，楹联之市。阳江的诗词、楹联，很有地方特色。在这片土地上，受传统文化的影响，普通民众大多喜欢吟诗作对，民间赛诗赛联蔚然成风，逢年过节作诗赋联添乐更是必不可少。

五

漠阳江两岸的劳动人民，在长期的生产生活中，形成了自己独特的语言和多姿多彩的民俗风情。

"阳江话是全世界最难懂最难学的一种语言。"初到阳江的人都有这种感觉。阳江话作为粤语的一个小语种，为什么处在周边强势的主流粤语（白话）、客家话（厓话）、闽南话（海话）、北方话（普通话）等语群中，依然能自成体系且不被同化呢？学界有多种不同的观点。在古代，阳江大地上聚居着俚、僚、瑶、疍等多种民族，他们都有自己的语言。阳江地方志认为，汉族迁入后，汉族语言与当地方言互相影响，形成了阳江话。也有民俗学者认为，冼夫人与汉人冯宝结婚，平定岭南，至其孙越国公冯盎在阳江逝世的110多年里，冼冯族系一直是阳江的统治力量，冼氏家族和冯氏家族两族混合而成的独特方言就是阳江话，随后也就成了地方的"通行语言"，一直流传下来。

近年来，来自澳门的大学者黄晓峰、刘月莲夫妇，在经过对大量史料、族谱、田野考察等进行比较研究以后，大胆推测认为，阳江话就是当时南宋王朝的"官话"。他俩分析认为，"崖山之战"是南宋军的佯败，是为了保存实力的"瞒天过海"之举，当时与元兵决战的只不过是南宋的老弱残兵，其实主力早就疏散隐藏到漠阳江流域各地，如赵匡义的后裔就藏到了今天的阳东新洲北桂村，张世杰的亲族则改姓"曾"，就近疏散到白沙一带。实际上，一个南宋小朝廷在阳江存在了相当长一段时间。阳江东北西三面是大山，南面是大海。这天然的屏障，把阳江紧密封闭住，那时交通不发达，这里几乎成了世外桃源。特别是在这块土地上，由于地理和气候的关系，矿产资源丰富，农林渔牧发达，尽可自给自足。在当时，南宋小朝廷为了能残存下去，通过层层伪装和封锁，很少与外界接触。因此，阳江话在这块封闭的土地上能够顽强地保留下来。

多姿多彩的民俗风情，更是阳江一笔丰厚的无形的文化遗产。在漠阳江中上游的高流河畔，农历五月初四，一年一度的

"高流圩"日，引得八方来客到此选购竹器及工艺品。九月初九重阳节，地点在陂面的一年一度的"重阳圩"相当热闹，成为一个颇有名气的中草药药材市场。每年端午节前后，阳江举行的逆水龙舟竞赛，给观赏的群众带来无尽的欢乐。登高放风筝在阳江已有悠久的历史，"南有阳江，北有潍坊"，阳江素来享有"中国风筝之乡"的盛誉。阳江风筝种类繁多，制作工艺考究，其中又以"灵芝"风筝、"百足"风筝最具特色。如今，鸳鸯湖畔12万平方米的南国风筝场，已成为一道亮丽的风景线。此外，阳江的南海开渔节、南国书香节、旅游文化节、美食节、荔枝节、莲藕节、山歌节、咸水歌节、神水节和刀剪博览会都办得有声有色。

阳江的特色食品也不少，很受欢迎。山里有蟠龙砂仁、岗美腊鸭、春湾香芋、春湾板栗、三甲切粉、八甲唛菜、马水甜橘、圭岗丞仔鱼、岗美白鹅、阳江黄鬃鹅、大八益智果、田畔黄牛肉、红丰菠萝蜜、新洲腊肉、北桂红薯、东平藕、平堤蔗、上洋西瓜、上洋荔枝、新墟芙笋、溪头五彩薯等。海边有"一夜埕"咸鱼、盖苏文咸鱼、东平鱼翅、东平鱿鱼、东平鸡脚螺和将军帽、尖山蟹、程村蚝、儒洞鱼籺、金钩虾米、沙扒墨鱼饼等。阳江的特色美食更让人嘴馋——当清晨第一缕阳光洒向漠阳大地时，茶馆或小店门"吱呀"一声打开，香喷喷的招牌小食猪肠碌、玛仔、芋头糕，会让早起的人们垂涎三尺。

六

值得一提的是，流量大但四季分配极不均匀的漠阳江，一年中常有两次主要洪峰出现，除夏季6月至7月有一次外，9月再出现一次。秋季易遭8～9级台风直接袭击，如正值天文大潮期，江水受顶托难于下泄，洪涝灾害频发。可以说，漠阳江的历史，也是漠阳江人民抗击涝灾和风灾、生生不息的奋斗史。

据史料记载，1458年（明天顺二年）至1949年，阳江发生的重大洪涝灾害达24次。县志记载：1620年（明万历四十八年），"四月大水，暴雨迎潮，水深八尺，西门外旦场、华濠一带，民房崩陷者七百余家，白沙顶、麻布演、津头蒗等村庐舍淹没殆尽"。1922年7月14日，漠阳江发生特大洪水，俗称"大潦王"，两岸一片汪洋，房屋崩塌甚多，农田失收，灾后求乞者众。

中华人民共和国成立后，历史翻开了新的页面，人民政府大兴水利建设，兴建防风、防洪、防旱工程5000多项。其中大型水库2座，即大河水库和东湖水库；中型水库11座，小型水库202座。兴建大中型引水工程包括双捷拦河坝、红江拦河坝、西山陂和响水陂等，还建有电排灌站和涵闸工程一批。这些工程，对防风、防洪、防涝、灌溉发挥了巨大作用。

近年来，阳江推进跨越发展战略，在推动经济社会和民生事业快速发展的同时，各项基础设施建设不断改善。便捷的海陆空交通，特别是即将建成的港珠澳大桥和即将开通的深茂铁路、汕湛高速公路，使阳江的区位优势日益凸显、空间布局更趋科学。这座城市，坚持以人为本的理念，积极推进公共文化建设，一大批诸如体育馆、图书馆、文化馆和各种艺术中心应运而生，文化服务的水平和效率也得到迅速提升，文化演出、文化展览、美术展览、文化沙龙、茶艺沙龙、读书节等各类文化活动逐年增多，"阳江论坛""阳江文化大讲坛""厚德善行讲堂""阳江好人""广东好人""中国好人"评选等主题活动丰富多彩。名山古村、名人故居、九街十二巷传统风貌街区、民俗风情馆、特色商品小街，吸引市民和游客前来观光。

七

漠阳江人历来有热爱家乡的优良传统。

关山月、苏天赐、黄云、黄伯荣等一批大师级人物，生前念念不忘家乡建设，有空便回到家乡，或助教奖学，或提掖后人。如关山月耳提面命，为家乡带出了陈章绩、关怡、关伟、陈碧山等一批著名画家；黄伯荣则在几十年的现代汉语教学与研究过程中，始终不忘收集乡土素材，系统研究家乡语言，他的地方方言研究力作《阳江方言研究》，即将被整理出版。

因工作之缘故，笔者曾专门研究过李萁、李伯振父子的生平事迹。当笔者参观李萁的故居时，看到一座破落的普通民居，回顾他为民族独立和国家富强而舍己忘家的事迹，总是深深感到敬佩。当笔者驻足于合山李伯振墓前，内心总有一番感怀。李伯振作为民国时期"两阳"的县长，为"两阳"近现代社会和城市的塑造以及发展奠定了重要的基础。他一生廉洁奉公、勤政爱民、重教兴学，后因积劳成疾，年仅46岁就英年早逝。笔者惊喜地发现一个现象，也就是阳江相对集中地在20世纪30年代至50年代，有一大批人才考入中国著名的高等学府且崭露头角并终有大成，这或许与李伯振在家乡大兴尊师重教之风有关。他亲赴广州市立第一中学邀请林振寰回家乡任县立中学校长，挑选后来成为著名医学专家的李焕燊等一批新式人才赴德国、法国留学的佳话，至今仍在阳江广泛流传。是的，像李伯振这样的一大批乡贤，他们的业绩和德行，影响深远，他们的人格力量正化作我们漠阳人建设美好家园的强大精神动力。

徘徊江边，凝望挟裹风风雨雨、日夜不息奔流至海的滔滔漠阳江，不由得心生万千感慨。处古越之地经历过千百年历史洗礼的漠阳文化，伴随着改革开放的脚步，不得不面对与外来文化的交汇与碰撞。越来越多的交流使百姓的文化生活多了许多选择，漠阳文化渐渐变得多面玲珑，显得传统又新潮。相信经过吸收和沉淀，厚重而多彩的漠阳文化一定会以强大的生命力和包容性，焕发出地方文化自信的勃勃生机！

（原载2018年5月31日《人民日报》海外版）

归去来兮忆延安

踩着秋天收获的脚步，8月16日至18日，笔者有幸参加第六届中国报业党建工作座谈会暨"百名社长总编红色圣地延安行"采风活动。这已是笔者第三次来到延安。第一次是20世纪90年代初，那时要实地去寻找一段来自影视作品里的红色记忆。第二次是2011年底，随阳江市政协委员调研组赴延安考察经济社会发展模式。

笔者每一次用脚去丈量，用心去感知这块古老而神奇的土地，聆听那一段段感人的故事，追昔抚今，掩卷沉思，都会有所感悟。

延安地处黄土高原腹地，地形地貌独特，以黄河文化为代表的旅游景点遍布全境，四季风光各具特色，壮丽迷人。延安南端高耸的黄龙山，将毗邻的关中沃野切割为另外一个世界；西部延绵的子午岭，将陇东与陕北本为一体的黄土高原截为两块；北部隆起的白于山，阻挡住了毛乌素沙尘的南侵；而东部则是纵贯秦晋的黄河大峡谷和滔滔黄河激流。"延安"就是取山安水延之意。因地理因素特殊，延安历史上也是军事重镇。延安北去，就是毛乌素沙漠，农耕文明与草原文化在这里碰撞交融。据史料记载，战国时期，秦在延安一带置高奴县。秦统一六国后，大将蒙恬统兵30万由此北去攻打匈奴。汉武帝时曾大量移民和屯戍陕北。除此之外，吴起、花木兰、狄青、杜甫、韩琦、范仲淹、沈括、胡瑗、高迎祥、李自成、张献忠等文臣武将，都曾在此纵横捭阖，大展文韬武略。

延安又是中华民族的发祥地之一。传说盘古在这里"卜婚"

传人，伏羲在黄河乾坤湾创造了八卦。轩辕黄帝的陵寝就安卧在境内的桥山之巅，千百年来这里是海内外中华儿女寻根、铸魂、筑梦、聚心、传承和弘扬中华文化的圣地。黄河壶口瀑布则是中华民族精神的图腾，其以"天下黄河一壶收"的胸襟和磅礴气势，迸射出我们这个民族自强不息、勇往直前、无所畏惧的气概。独特的水土气候和饮食习惯，养育了世世代代的黄土人，这里民风淳朴、民俗多样、文化多彩，延安剪纸、陕北民歌、安塞腰鼓，扬名海内外。

  延安是红色之都，共产党人在这里落地生根，饮誉中国现代史。1935年至1948年，党中央和毛主席在这里运筹帷幄，决胜千里，领导全国人民取得了抗日战争和解放战争的伟大胜利。"巍巍宝塔山"和"滚滚延河水"已经不再是一方普通的地理标志，而是共产党人自强不息、励精图治的文化符号和精神象征。延安有红色革命旧址460多处。穿梭延安这片红色的土地，走马宝塔山、清凉山、凤凰山革命旧址、梁家河村和黄帝陵，触摸大生产运动、中共七大等一系列影响和改变中国历史进程重大事件的景物，感受毛泽东等老一辈无产阶级革命家亲手培育的自力更生、艰苦奋斗、实事求是、全心全意为人民服务的延安精神，内心总有一种久久无法褪去的感奋。驻足杨家岭毛主席住过的窑洞，笔者隔着陈列玻璃，细看主席在昏暗灯光下写出的密密麻麻的手稿，崇敬之情油然而生。在"新闻山"——清凉山下，面对当地媒体记者的现场采访，作为一名媒体人，笔者不免感慨万千："延安时期的媒体人在异常艰苦的条件下能把中国的声音传达到世界，体现的正是奋发图强、艰苦奋斗精神。如今随着媒体融合发展的推进，我们更要继承百折不挠、勇于胜利的红色基因，讲好中国故事，发出中国强劲的声音。"

转变经济发展方式，践行绿色发展是延安人与时俱进的实践。延安人很清楚，黄土高原是一座厚重的历史丰碑，她抚育着一代又一代的炎黄子孙，涵养了伟大的华夏文明，但由于过度索取和过重承载，这块母体般的土地需要休养生息、积聚元气。退耕还林无疑是一场绿色革命。据延安日报社社长石兴平介绍，从1999年开始，延安人在世界上水土流失最严重的黄土地上埋头苦干，率先实施退耕还林，累计完成造林1970.1万亩，25度以上坡地全部退耕还林，林草覆盖率达到67.7%。延安是世界最佳苹果优生区和国家现代农业示范区，全国每生产九个优质苹果，就有一个产自延安。这让延安人倍感自豪。延安人依靠科技进步和经济转型提高石油的采收利用率，逐步走上了产业适度重化、多业并举的科学发展新路子。延安人实施黄河引水和水库蓄水工程，解决延长、延川、子长、富县、洛川、黄陵六县发展煤气油化工所需的水和城镇用水。今日延安，经济社会发展协调均衡，人与自然和谐友好，生态的基色由黄变绿，为世界提供了一个短期内"生态可逆"的鲜活案例。

　　延安丰富的地下矿产资源，为其经济社会的可持续发展提供了坚实的物质基础。延安处于资源最充裕的鄂尔多斯盆地中心，目前已经探明蕴藏石油储量14亿吨，煤炭总量110亿吨，天然气储量2万亿立方米，紫砂陶土5000多万吨。页岩气、岩盐储量也很可观。改革开放特别是进入21世纪以来，延安步入了发展的快车道。"十二五"期间，全市经济总量、固定资产投资先后突破千亿元大关，2013年城乡居民收入分别达到33127元和10775元，均超过全国、全省平均水平。

　　延安的天是蓝色的天。如今的延安，正秉承创新、协调、绿色、开放、共享的发展理念，着力打造宜居、宜业、宜游的现代化城市。

2011年，延安确立"中疏外扩、上山建城"的城市发展战略，以疏解老城人口密度，恢复旧城面貌，让延安人"记得住乡愁"。党中央、国务院十分关心延安建设，习近平总书记2015年2月13日亲临延安新区视察工作。经过几年的艰苦努力，新区建设已初具规模。

在湿陷性黄土地区建城，是延安人的创举。延安人前瞻性地提出了"以人民为中心、以城市建设和保护为核心""建设海绵城市"，全面优化整座城市的生态环境，特别是确保水生态的安全，使延安天蓝水净地绿。"当然，在这样生态脆弱的地方，要实现这样的目标，难度之大可想而知。"同行的延安日报社党委副书记王建平深有感触。经过全国70多位专家的26次研究论证，延安新城的建设者们，终于拿到了一套权威的城市规划、工程技术指标方案。新区建设中，地表物保护、挖方区和填方区交界面处理、临空面防滑坡、填筑体和地下水地表水防渗排放等问题最为棘手，但他们精准应对，分别采用分层碾压、土方回填、设置永久纵横盲沟、种植植被防护等办法，科学解决了难题。

在延安新城区里，延安人以舍我其谁的创新精神，全方位植入城乡联动、智能化营运、网格化管理的精细化城市经营理念，现代商贸物流、金融服务、休闲养老等现代服务业功能齐全，特别是文化教育和医疗卫生服务，布局合理、设施完善。在他们看来，未来城市与城市的竞争，归根结底要取决于高质素的人力资源和良好的职场环境，长久来讲要靠文化软实力来论输赢。只顾卖地建楼，片面追求经济增长，而不去投资和优化公共服务建设，就等于是在主动放弃自身的核心竞争力。延安人正在做一些打基础、利长远的事，他们在圆一个志存高远的蓝色延安梦。目前，延安大剧院、学习书院、为民服务中心等一批一流的公共文化服务设施已建成并投入使用，综合三级医院、延安大学迁建等工程正在循序推进……

　　有人文情怀，有道德温情，有文化特质，是延安留给笔者的印象。守护着这块神奇土地的人们，正传承着伟大的延安精神，创造富于诗意的人间奇迹。一个绚烂多彩、幸福安康的新延安，将会让人们更加魂牵梦萦！

　　　　　　　　（原载2017年10月6日《南方日报》）

去平冈圩感受人生本味

阳江人把赶集称为"等圩",一般是五天一个圩日,意思大概是大家等这一天来趁圩,好来个热热闹闹。阳江有名的圩集很多,农耕社会物物交换约定的习俗,传承到今天,丝毫没有逊色,且各具特色。如平冈圩就因离阳江市区不远,是珠三角城市奔赴海陵岛的途经之地,又有玛仔、猪肠碌等出名的小吃,所以远近闻名。

阳江人爱等圩,而长假期间的圩日,更是比往常热闹许多。逢一、六是平冈圩的圩日。10月6日是国庆假期,正好赶上圩日。这天,我和阳江高新区管委会的一位领导,陪同从深圳回来的乡贤黄德满先生考察高新区产业园后,已是中午时分。黄先生既是一位商界骄子,更是一位美食家,对美食产品的研究和开发有着独到的见解和眼光。他听说赶上了平冈圩日,名小吃不少,就一定要过去凑凑热闹,尝尝鲜。

吃猪肠碌,是平冈等圩的保留节目。平冈圩日,最热闹的地方就是卖猪肠碌的铺子。

我们首先来到一家叫"飞记"的小吃店前。吃猪肠碌找个位子并不容易,店里面人头攒动,就连打包回家吃都要排好长的队。但不管排多长时间队也是要吃的,因为吃猪肠碌不仅仅为解馋,还可以解思乡之苦。

好不容易,我们才轮到了一桌座位。几个人紧挨着坐下来,点了几碟猪肠碌和几碗玛仔。这是一间夫妻店,男主人叫黄正飞,女主人叫林恋,年龄都在四十左右,店名取自男主人的名字,透着几分率性随意。夫妻俩继承前辈传下来的小吃制作手艺,带着亲戚朋友，张罗起了这间小店。

　　说话间，我们点的小吃上桌了。猪肠碌色相不错，表层抹了些香油，撒了些芝麻。我们蘸蘸辣椒酱，咬上一口，里面的黄豆芽和五香粉，给人一种脆香的口感。再尝一下用天然毛虾、花生仁、面粉等配料煮成的可口玛仔，食欲一下子上来了，咬一口唇齿留香。连黄先生这位游历多地的美食家，都啧啧称赞："还是家乡的美食最让人饱口福。"

　　过了一会儿，又半碗咸面下肚子，我环顾左右，方觉店子里的食客吃相多姿，津津有味。平冈的咸面也有30多年的历史，久享盛名。见我们是陌生人，有食客介绍说，圩场上卖面条的还有一位更正宗的老伯，面条是纯手工制作，用柴火烧煮，味道香而不腻。如果在寒冷的冬天，大锅上雾气缭绕，吃上一碗热气腾腾的咸面，倍觉温暖，回味无穷。只是其每天所卖面条都有限量，今天已早早卖完收档，我们无缘这份口福。

　　此时又有食客建议我们，只吃半肚子，留下另外半肚子去帮衬对面小吃店的糖面，这种吃法叫"咸甜搭配，又爽又脆"。

　　我们移步另一间叫"其叔"的糖水铺。糖水铺主人兴许外出了，"主持大局"的是他的小姨子四姐以及四姐的女儿。这次运气还算不错，刚好有客人付账离开，我们每人点了一碗糖面，坐在桌子边品尝起来。糖面软绵绵的，滑嫩而精致，中间掺些花生抑或芝麻汤圆，细中有粗，在舌头边舞动，感觉真好。这时，我脑海里突然闪过一个念头：在浮躁的当下社会，大家一直在"赶路"，有时候是否忘却了生活的本义？辛苦忙碌之余，何不偶尔小憩，就像我们现在这样，静坐品尝身边美食，感受人生的真实滋味？

　　见我们点赞不停，邻桌一对带着儿女的夫妇搭讪说，他们是本镇松中村人，在佛山工作，一年为多吃上几次这香喷喷的糖面，都要往家乡跑好几回。吃了糖面，还要打包回去呢。

在平冈等圩，一整天的时光铺成一桌猪肠碌、玛仔、咸面、糖面，待碗空了，圩散了，再悠悠然起身返程。

在回程路上，黄先生若有所思，他说，自己搞食品研究和开发，有一个心愿，就是让人们在享受美食的过程中健康起来。他认为，阳江山海兼优，物产丰富，各色原生态食材都有，而且随着种养技术的进步，品质更好。比如说离平冈不远的红光村，已经在4万亩的海上蚝场上开展现代技术养殖，建起了集气象站和传感器于一体的数据监测设备系统。养殖户依靠这套系统，能轻松地将海水的盐度、溶氧量等尽收眼底，捞起家中养殖的生蚝转场到水温、盐度更合适的近海水域，养出质优物美的生蚝。但产品的加工却跟不上去，附加值不高。传统烹调技术也很值得科学开发和包装。他决心在这方面好好谋划，让阳江的美食香飘四海，服务于人们的高品质生活。

（原载2017年10月8日《阳江日报》）

去鄂尔多斯体验速度与激情

多年以前,一篇关于"鬼城"绘声绘色的报道,让草原之城内蒙古鄂尔多斯一夜"走红"。

认识鄂尔多斯日报社社长詹剑彬后,笔者提起这件事,他笑着解释说,那不过是"标题党"哗众取宠乱说一通,就好比现在新建设了一个小区,小区还在装修和销售当中,能用同样的思维说这是一个"鬼区"吗?

眼见为实,詹剑彬建议笔者一定要找个时间去鄂尔多斯看看。

今年8月18日,参加完在延安举行的全国报业协会党建论坛,适逢鄂尔多斯举办第二届美丽乡村旅游节,在詹剑彬社长的盛情邀请下,笔者利用周六周日顺道过去转一转。

连夜和同事老梁取道西安,直飞鄂尔多斯东胜机场。来接机的是蒙古族好客而健谈的小白,小伙子一边熟练地把着方向盘,一边为我们讲述鄂尔多斯的前世今生。

鄂尔多斯,蒙古语是"众多的宫殿"的意思。鄂尔多斯面积86000多平方公里,是一座拥有200多万人口的现代化城市。鄂尔多斯历史源远流长,"河套人"很早就在这里繁衍生息;15世纪中叶,守护成吉思汗陵的蒙古族鄂尔多斯部驻牧这河套之地,始称"鄂尔多斯";1649年,清政府在此设伊克昭盟;2001年4月,经国务院批准,撤伊克昭盟,正式改名为鄂尔多斯。

千百年来,鄂尔多斯人与茫茫草原同品人间沧桑,与滚滚黄河共沐时代进步,鄂尔多斯终成一座融古通今的"品质之城",先后荣获"全国技术创新示范城市""中国优秀旅游城市""国家卫生城市""全国文明城市"等荣誉称号。

鄂尔多斯地理位置独特，南临古长城，与宁夏、陕西、山西三省区毗邻，东、北与自治区首府呼和浩特市和草原钢城包头市隔河相望，构成"金三角"地带。

鄂尔多斯矿产资源丰富，拥有各类矿藏50多种，其中煤炭和天然气探明储量分别达到1900多亿吨和4万多亿立方米，各占全国的1/6和1/3左右。

最让小白自豪的是，2000年以来，鄂尔多斯全力推进荒漠化治理，林草覆盖率快速增长，目前植被覆盖率超过75%，全市空气优良天数全年保持在340天以上，被称为"中国干旱与半干旱地区实现经济、社会与生态环境协调、持续发展的典型范例"。

一路谈天说地，不知不觉已走过了45公里的机场路。我们到达驻地万家惠酒店的时候，已是半夜1点多钟。这里高楼林立，华灯依然闪烁。

这次应邀过来采风的全国各地媒体有30多家，前一天已经开始了行程。天亮之后，我们第一站去参观的是康巴什旅游区。作为市区核心区，康巴什致力于打造休闲度假旅游新区，2012年被评为中国首个以城市核心景观带申报批准的国家AAAA级景区。这里地势开阔，高楼拔地而起，参差错落，远近有致。各式场馆金碧辉煌，庄严典雅。公园与社区空间秀木繁花簇拥，人工湖亭台绿草环绕。整个新区一步一景，各擅其美，协调明快的现代城市韵味十足。报道中所谓的"鬼城"，如今处处人头攒动，三五成群的游客置身其中，流连忘返。

在伊金霍洛，我们追上了采风的大队伍。走进一望无边的成吉思汗陵区，这里天高地阔，松柏青青。

鄂尔多斯日报社记者李林春向我们介绍，在鄂尔多斯，成吉思汗就是人们心目中的神灵。祭祀成吉思汗活动经久不衰。其规模之大、历时之久、人数之多，在历代帝王的祭祀中绝无仅有。2015年农历三月廿一春季查干苏鲁克大祭主祭日，12万各族群众汇聚成吉思汗陵，创下单日祭祀人数之最。足见成吉思汗在草原人民心目中的地位。

走进金碧辉煌的陵宫正殿，一尊汉白玉成吉思汗雕像栩栩如生，英姿焕发。其背后辽阔的蒙古帝国疆域图，浓缩了一段波澜壮阔的历史。800年前，成吉思汗烈马雄风驰骋欧亚，创建了人类历史上疆域最大的国家，拥有世界2/3的开化地区。近观"八白室"中金鞍长弓，可以尽情感受大汗"弯弓射雕"一生拼搏的豪情壮志。"你的心胸有多宽广，你的战马就能驰骋多远。"越过近千年时空，成吉思汗的名言仿佛就在耳边。

移步陵宫后殿，安放着成吉思汗和几位皇后灵柩的大堂，酥油灯长明，祭拜者如流。史载成吉思汗逝世后葬于漠北肯特山距其出生地有六天路程的地方，从蒙古各部精选的最忠诚部众组成的鄂尔多斯部，于15世纪中叶护卫"八白室"入驻河套，从此黄河套内之地以"鄂尔多斯"著称于世。与真实历史并存的是在民间流传了数百年的传说：成吉思汗西征路经鄂尔多斯，流连美景失手掉落马鞭，盛赞鄂尔多斯是金角花鹿栖息之所，戴胜鸟儿育雏之乡，并嘱咐左右：我死后可葬于此地。如今这些传说如史诗般凝重，与庄严的历史交相辉映。

拜谒成吉思汗陵之后，我们采访了两场大型赛事活动。一场是鄂尔多斯国际马拉松比赛，一场是鄂尔多斯驭马文化赛事活动。两场盛会，万人空巷，龙腾虎跃，场面壮观。马背上剽悍民族的摆渡绝技，展现了草原民族的强劲活力。

第二天，我们走访康巴什康城民族风情小镇、伊克敖包，在辽阔草原间穿行。鄂尔多斯启动乡村振兴发展战略，利用草原文化、历史文化等优质资源，大力发展差异化、特色化的优势主导产业，打造特色村庄。一批集观光旅游、农家美食、休闲娱乐、文化体验于一体的嘎查村和农牧户迅速兴起。

我们在鄂尔多斯日报社副社长张小平等人的陪同下，访问了苏泊罕游牧大草原。这里正举行以"激情苏泊罕、浪漫大草原"为主题的赛马活动。我们走进草原深处，人们正在策马扬鞭，展示马背民族古老而原始的赛马技艺。赛马，是衡量草原上蒙古族男子有无本领的重要标志，也是现代草原上最激动人心的传统娱乐活动。比赛开始了，骑手们策马扬鞭，一时红巾飞舞，马蹄疾驰，观众欢腾。赛马结束，一位长者端着奶子，捧着哈达，对着跑了第一名的骏马，即兴吟诵赞赏。然后将奶子抹在骏马的脑门上，剩余的敬给赛马的骑手，并将哈达系在骏马的脖子上。在张小平的鼓励下，笔者和老梁也豪情满怀地穿上保护套，爬上马背，教练员猛地一挥鞭，马飞一般飙向远方……

我们最后一站是参观鄂尔多斯文化产业园区。鄂尔多斯的文化底蕴深厚，独具特色。在蒙古族的文化史上，鄂尔多斯的地位举足轻重。17世纪，鄂尔多斯两位伟大的史学家罗卜桑丹津和萨冈彻辰推出史学巨著《黄金史》和《蒙古源流》，这两部文献与《蒙古秘史》并称蒙古族三大历史著作，是研究蒙古族文化的主要史料依据。

秦始皇统一六国后，命大将蒙恬修筑的直道，全程跨越鄂尔多斯。秦直道是世界上第一条"高速公路"，也是第一条跨越沙漠的公路，全长1800里，于鄂尔多斯境内穿越毛乌素沙漠和库布齐沙漠，辟沙成途，堑山堙谷，直线贯通。这条大道留下汉武帝出巡、司马迁采风、王昭君出塞、蔡文姬归汉等一串串闪光的历史痕迹。2000多年后的1999年，鄂尔多斯人历时四年修通纵穿库布齐沙漠的柏油公路——杭锦旗穿沙公路，跨越时空与秦直道相映生辉。

今天，传承着传统文化的鄂尔多斯人充满了文化自信。为了将独具北疆特色的优秀文化资源转化为产业资源，让文化与经济完美融合，催生出经济社会发展持续动力，鄂尔多斯将文化旅游融合发展，作为事关全市转型发展、长远发展的重大战略任务来推进。他们进行了顶层规划和落地管控，设立了发展专项基金，引领文化旅游产业成长。光去年一年，支持此类企业和项目的资金就接近1.6亿元。

我们漫步于蒙元文化影视城，为它的恢宏与大气"点赞"。影视城总投资5亿多元，是集影视拍摄、观光游览、休闲娱乐、美食养生为一体的全国首座以蒙元文化为基调的综合影视基地。该基地目前已经拍摄完成50集大型古典史诗历史剧《忽必烈传奇》。此外，东联动漫影视城、蒙古源流文化产业园、鄂托克前旗文化产业园等一大批适应民众日益增长美好生活需要、提供公共文化产品服务的企业如雨后春笋般涌现。文化旅游产业正在成为鄂尔多斯经济新的增长极。

短短几年间，鄂尔多斯的人民凭着一股"亮剑"精神，以舍我其谁的担当、气吞山河的勇气，打破"煤炭一枝独秀"的"资源诅咒"，破釜沉舟推进供给侧结构性改革、实施创新驱动发展战略、构建开放型经济新格局。目前，鄂尔多斯清洁能源输出、现代煤化工生产示范、现代装备制造、绿色农畜产品生产加工和旅游观光、休闲度假五大基地建设全面推进。以煤炭、电力、燃气、化工为主导，以汽车及装备制造、电子信息等新兴产业为辅助的多元发展、多级支撑的现代产业体系已初步形成。

两天的采风行将结束，詹剑彬在一个蒙古包式的小酒店里热情地为我们送行。我们一边品味着原汁原味的酥油茶和酥油饼，一边听着詹剑彬讲解草原人制作这些食品的工艺流程。制作这些特色产品要恰到好处，既要讲究磨功的时效与毅力，更要注重科学的选料与提炼。詹剑彬将工艺流程讲得出神入化的时候，笔者突然感觉到了鄂尔多斯人的务实与睿智。审视鄂尔多斯这些年的跨越式发展，品味这一段激情燃烧的岁月，其砥砺奋进的举动，与草原民族马背上的技艺表演，有着异曲同工之妙。

拥有坚忍不拔、行稳致远基因的鄂尔多斯，正在向着一个绿色、低碳、智慧、幸福城市的目标大步迈进。

（原载 2017 年 10 月 26 日《阳江日报》）

白云生处有天堂

  风雨沧桑，浮华退尽，只有经年累月积淀下来的东西，才具有传承的生命力。这次由阳江日报社和阳江市作家协会组织的云浮采风之旅，又一次印证了这个认知。

  初春的一天下午，我们一行人乘大巴从阳江出发，沿着汕湛高速公路阳春至云浮路段驰骋，时而行进在村前屋后，时而穿行在山岭之间，一路风光旖旎，令人目不暇接。

  约莫一个半小时的车程，我们来到了云浮新兴县的天堂镇。天堂镇接壤阳江阳春市的春湾镇。这里的景色，与名字一样惹人遐想，周边山势逶迤，山色与镇景浑然一体，黄昏下，犹如一幅迷人的山水画。

  我们在镇上一家小酒店住下。酒店房间布置简朴，干净舒适，让人有一种居家的感觉。吃饭的时候，点了几道农家小菜，典型的山里味道，颇合胃口，让海鲜惯腻了的味觉，获得一种别样的享受。

  晚饭后，信步于镇里的民国风情街，临街而建的骑楼惹人注目。我们走走停停，边看边聊，春节后的店铺依然张灯结彩，货物琳琅满目，街市和谐有序，一副岁月静好的模样。目睹此景，一位文友情不自禁地朗诵起郭沫若的那首《天上的街市》：

  远远的街灯明了，
  好像闪着无数的明星。
  天上的明星现了，
  好像点着无数的街灯。
  我想那缥缈的空中，

定然有美丽的街市。

　　……

　　我不知道天上有没有街市，只觉得风景这边独好，夜晚的星空格外安静祥和。

　　第二天一大早，在云浮日报社社长、云浮市作协主席文长辉先生等友人的向导下，我们来到了天堂镇朱所村的李务本堂大屋。李务本堂地处天堂镇的内洞。内洞是一块小盆地，风景秀美，土地肥沃，四面高山环绕，与外界沟通的地方只有一道坳口。当地友人将天堂镇名口耳相传的由来告诉我们。千百年来，因为储水的需要，先民们在这里挖掘水塘上千口，故名"千塘"；又因塘里的水来自天雨，改名"天塘"，后演变为"天堂"。听闻这些，我隐约感受到天堂人对人间乐土的向往。

　　李务本堂，其实就是李耀汉建的一处大屋。李耀汉是20世纪初当地的一位名人，他和同村的翟汪，皆出身绿林，后被清廷招安。1911年辛亥革命后反正，分任地方镇守使、统领，后由北洋政府扶持，先后任过短暂的广东省省长。因此，当地流传着"火烟相盖两省长，一河两岸九统领"的说法，足见当时这里豪族之强势。

　　走进这座雕梁画栋的花园式私宅，如同走进了达官贵人昔日钟鼓馔玉的殿堂。只是如今的大屋，早已人去房空，成了有心人研究民国建筑的好去处。

　　从天堂镇出来，我们直达云浮市区的石材博物馆。云浮是全国出名的石材大市，素有"中国石都"的美誉。这些年来，围绕石材的"买世界，卖世界"，云浮人借助技术的进步和工艺的推陈出新，不断推动石材产业转型升级，成为云浮富民兴市的支柱产业之一。2018年，云浮石材产业总产值达300亿元。目前，云浮市有4000多家石材企业，形成了13个大系列、20多个大门类、1000多个花色品种。

走进石材博物馆，宛如走进了一座魔幻现实主义的艺术宫殿。从壁画、石雕、浮雕到拼花、盆景、壁炉，从柱面、真空到曲面、多维面，从《天长地久》《火中凤凰》《茶韵飘香》到《步步高》《千手观音》《56个民族》……一件件作品，其独特的艺术构思、精妙的雕刻打磨，让人叹为观止。在店主的推荐下，我选购了一方精致的石砚。既然来一趟石都，总该带点有灵气的东西回去！

按照原定的路线，接下来我们走访了邓发的故居。邓发是云浮的"红色名片"。1906年，邓发出生于云城街道办城西替石塘村。瑞金时期，任中华苏维埃共和国中央执行委员兼政治保卫局局长；延安时期，任中共中央党校校长，中共中央职工运动委员会书记、民运委员会书记，是中共六届中央政治局候补委员。1946年4月8日，他和叶挺、王若飞、秦邦宪等同志在重庆乘飞机返延安途中，在晋西北兴县黑茶山因飞机失事不幸遇难。

邓发故居建于清光绪年间，为坐北向南二进式泥砖瓦木结构的四合院。故居展示了邓发的成长历程和遗物。邓发自幼好学，读过三年私塾。青年时期的邓发，立志于国家的救亡图存。具有强烈民族自尊的他，相信以中国的灿烂文化，一定会实现民族独立、国家富强，相信中国人民一定会过上幸福的生活。

沿着春意盎然的国道，驱车80多公里，我们来到了历史文化名城——罗定。罗定地处西江之南，自晋末设县级建制至今，已有1600多年的历史。

我们在罗定儒家文化促进会会长彭国强的引领下,参观位于罗城镇北关里的罗定学宫。学宫始建于清代顺治四年(1647年),占地8300平方米,是目前西江流域仅存的清代学宫。

步入围院,首先映入眼帘的是庭院两边的百年古树,适逢紫荆烂漫,笑迎宾客,吸引了众人纷纷拥到树旁拍摄留念。

学宫建筑按中轴对称的形式排列。前为照壁,次为棂星门,再为泮池,后为大成殿,组成院落。其他建筑则相应排列于轴线两边,构成一座完整的院落。

走近祭祀孔子的大成殿,但见重檐歇山顶、黄色琉璃瓦、红柱红墙、藻井天花、雕龙画凤,甚是堂皇。殿外檐雕花板正中雕有一副大对联,横额为"天开文运",上联为"植纲常名教",下联为"造械朴菁莪"。意思大概是,孔子创立儒学,制订了社会道德规范,培育了众多贤才。仰观大成殿上方,挂着"斯文在兹"的牌匾,孔子像立于中央。像高2.557米,寓意从孔子诞辰日至雕像立成之时(2006年),刚好2557年。站在雕像前,彭会长将孔子的"仁""礼""克己复礼""为政以德""节用而爱人""有教无类"等思想主张,讲得出神入化,让我们受益匪浅。

与学宫隔着一个小山坡,是罗定的另一处文化地标——始建于明代的文塔。本来,这曲水回环处只是一块形似半岛的平凡之地,却因建了七层文塔,又在其旁修桥一座,日观文塔弄影,风姿绰约,夜听泷水(南江)轻歌,诗意顿生,便成就了罗定著名的景观——"东桥塔照"。塔的旁边还有旧码头和南江古驿道。我细细研读了古驿道的释文,才知道这里在唐代已是水系发达、沟通四方的水网地域。唐朝诗人宋之问游泷江时,曾写下两首与泷州有关的诗,一首是《入泷州江》,一首是《过蛮洞》。"孤舟泛盈盈,江流日纵横。""越岭千重合,蛮溪十里斜。"这些诗句说明当时罗定已为文坛"网红"们所熟知。

唐宋既是中国经济重心向南方转移的时期,也是传统知识分子积极探讨文化从形式到内容转型的时期。唐初之前,华丽的文风曾统治中国文坛很长一段时间,但最终为人们所称道的,是改变这种风格的"初唐四杰"。到宋代,文风变得直接和简练,并转归内向,隋唐开始的科举制度此时得到空前推广,士人参加科举获得功名被直接授官,靠自身的学问服务社会,实现人生价值。骚人墨客的文字遗存,让罗定这块土地深深地烙上了唐宋思想文化的印记。今天的罗定人似乎特别能领悟文化的教化功能和对社会的政治宣导功效,虽然文塔和桥都因自然灾害而时有损毁,但罗定人十分重视对文物古迹的保护和对文化设施的投入,经重修和治理周边河岸环境,"东桥塔照"重新焕发出耀眼的光芒。

驱车往南驶离罗定市区40多公里,我们到达采风的最后一站——罗镜镇龙岩双轮角村的蔡廷锴(1892—1968)将军故里。我求学期间读历史,对蔡将军在民族危亡时刻所表现出来的爱国主义精神,尤为钦佩。此时此刻,站在故居门前广场高大威猛的蔡将军骑马铜像前,沙场浓烈的硝烟如在眼前:1932年,淞沪抗战,蔡将军率领驻守上海的十九路军奋起还击,重创日军,大长中国军人的威风,增强了中国军民抗战的民族自信心……

"千淘万漉虽辛苦,吹尽狂沙始到金。"蔡将军是一个以国家为重的伟大爱国者。面对国民党的专制统治,1933年11月,他不顾个人安危与荣辱,联合国民党内进步人士李济深等,公开宣布与蒋介石决裂,在福建成立"中华共和国人民革命政府",任人民革命军第一方面军总司令。1946年,蔡将军在广州与李济深等共组中国国民党民主促进会。1949年,蔡将军出席中国人民政治协商会议第一届全体会议，后历任中央人民政府委员、全国政协副主席、国防委员会副主席、国家体委副主任、民革中央副主席等要职。1968年，蔡将军不幸病逝。

给我们讲解的是罗镜镇政府退休副镇长钟启朝。在老镇长的引导下，我们走进了蔡将军的故居，整个故居大院为三进院落式布局，系一座青砖包泥砖、瓦木结构的典型农家大屋。第一进的绍义堂当中，安放蔡将军半身塑像，故居内分六个部分陈列蔡将军生平事迹和实物。老镇长特意指着橱窗里的遗物，讲述了蔡将军和夫人罗西欧的感人故事。罗西欧（1919—1987）是阳春圭岗人，知识女性，因崇敬蔡将军英勇抗日，尽心尽力照料将军生活起居29年。将军和夫人伉俪情深，在云浮、阳江传为佳话。

老镇长追忆，蔡将军生前心系乡梓福祉，多方筹集资金帮助家乡建桥修路、兴建学校和文化设施，改善故乡的环境条件，希望乡亲们能过上好日子。

我们登上蔡将军故居后屋的土墩，俯察四周，但见蔡将军故里，山清水秀、景色宜人。眺望远山田畴，云蒸霞蔚，农机穿梭。老镇长深有感慨地说，他们正在改变粗放型的发展模式，探索以推广应用新品种、新农药、新肥料和综合配套技术为重点的生态农业发展新模式，走绿色发展富裕共享之路。同时，他们正在实施乡村振兴战略，利用蔡将军故居等特色文化资源、优美的自然环境，建设宜居宜业宜游的社会主义新农村。

看到蔡将军故里的感人场景，联想蔡将军生前的愿望和天堂镇人对美好生活的追寻，我突然觉得，真正的人间天堂就在眼前。

（原载2019年3月15日《阳江日报》）

粤西之行有感

人到中年，便很容易形成思维定式。前段时间，参加阳江市作协和阳江日报社组织的湛江茂名采风活动，无疑是自己的一次思维逆转之旅。

粤西之行，我印象最深刻的是湛江徐闻大汉古港。在湛江市作协主席陈通等同行的热情引领下，我们一行人来到了位于雷州半岛南端的徐闻古港。徐闻的同志介绍说，这个地方叫古旺村，包括二桥、南湾、仕尾等自然村。东汉班固《汉书·地理志》记载："自日南障塞，徐闻、合浦船行可五月，有都无元国，又船行可四月，有邑卢没国……"唐李吉甫《元和郡县图志》记载："县南七里，与崖州澄迈县对岸，相去约百里。汉置左右侯官。在此囤积货物，备其所求，与交易有利。故谚曰：'欲拔贫，诣徐闻。'"从现场观察来看，这里的位置与史书的描述相当，从20世纪60年代开始，考古工作者在东起龙塘镇那泗村西至西连镇田西村南沿海地区，先后发掘了300多座汉墓，出土了大量海外舶来的琥珀珠、玛瑙珠等饰物，还在南山镇二桥村后坡发现了汉置徐闻县治遗址。

站在"广东十大海上丝绸之路文化地理标志"石碑前南望，800米至1200米处有海岛头墩、二墩、三墩，对着二桥、仕尾两村，呈"V"型港口，构成天然屏障。周边遗存的"万岁瓦当""八角航标灯座""金铜仙人承露台"，证明了昔日"瀛岛联碧"的辉煌。这也带着我们的思绪穿越到了公元前2世纪世界的东方，雄才大略的汉武帝刘彻，在大汉帝国推行改革，彻底改造国家的权力结构，对外一改忍辱负重的和亲政策，征匈奴、通西域、开拓"西南夷"、加强对外贸易。商贾云集、百舸争流的徐闻良港见证了当时的盛世繁华。

感叹于大汉古港兴盛之时，大家自然而然谈论起一个话题，古港究竟衰于何时何事？

尔曹身与名俱灭，不废江河万古流！古港开埠，朝代更替，丝毫未影响徐闻港在对外贸易方面所发挥的重要作用。对此，徐闻的地方志多有明确的记载。

说到古港完全败落，应该是在清代，这是不争的事实。至于事因，道理很明白，从清乾隆朝开始，实行闭关锁国，国力渐由盛转衰。有一个故事耳熟能详。1793年，英政府派出马戛尔尼来到中国，希望中国能开放通商口岸实行双边贸易。但乾隆不吃他那一套，只是傲慢地拒绝了通商的要求，并对马戛尔尼不肯跪的行为大感不满。自此，中国开始被时代发展的潮流抛弃。

实际上，从经济学的视角考察，清朝衰落的根本原因是没有建立完善的货币金融体系。本来，自明朝中后期开始，中国在与西方进行贸易的时候，由于中国的丝绸、瓷器等在西方十分抢手，贸易顺差很大，原先作为流通货币的白银大量流向中国，造成了西方的"钱荒"。西方被迫进行金融改革，发行纸币作为流通信用货币。而中国抱残守缺，长期以白银作为流通手段，成本极高，效率极低，后来西方鸦片输入中国，导致大量白银外流，迅速引发金融和财政危机，手工业和农业相继破产，整个国家经济陷入混乱，更不用说能有什么大的发展。

此次粤西之行，我们在雷州市博物馆参观了许多珍贵的文物。雷州市众多古瓷窑址分布于南渡河与通明河两岸，这些不同时代的窑址，分别印证此地唐宋明清时期对外贸易的兴旺。

博物馆存放为数不少的法定流通货币，如汉代的五铢铜钱、唐代的开元铜钱、清代的银宝等，证明当年这个地方流通交易的频繁。据介绍，这里的先人形成了一个很有趣的习俗，每个人出门都要带上一把剪刀，这把剪刀可不是剪布用的，而是用来剪银子的。在交易时，人们用剪刀剪出足够的银两，因为银子柔软且易于黏合，剪银产生碎屑用蜡块包裹起来，以后融化了蜡块，银子的碎屑凝结在一起又可以使用。

回首粤西之行，笔者感慨良多，也明白了一个道理：一个人一定要保持忧患意识，努力学习，与时俱进。一个国家和民族亦是如此，一定要建立一整套完善的哲学反思模式制度，自觉紧随甚至引领世界潮流，才能够让自己永远立于不败之地。

（原载 2019 年 11 月 1 日《阳江日报》）

守望回乡路

在我们的人生历程当中,也许生活轨迹跌宕起伏,走过的路千条万条,但唯有魂牵梦萦的故乡路,最让人难以忘怀。

我的家乡阳东东平镇,最南端海边有一小块冲积平原,当地人称允泊洞。这里背山面海,良田800亩,加上一湾浅海,养育着4000多口人。一条5公里长的弯弯小路,将亮丽的村子蜿蜒接到圩镇。我踏着这小路,走出村庄,外出求学和工作,品味人世间的种种酸甜苦辣,领略人生旅途中的一道道风景,然后每隔一段时间,又怀着孩提时的记忆和浓烈的乡愁,踏着原路,回到始终无法逃离无法淡忘的故园。

说到回家乡的路,牵挂温馨之外,也曾经伴随着几分辛酸和无奈。

我是20世纪80年代离家念的高中。中学设在大沟镇,距我们村子有20多公里的路程,但都是海边泥土公路,道窄且难行。那时,又没有多少交通工具,一天只有两三趟路过的客车来接驳。我寄居在学校的简易宿舍里,一个星期才回家一次。

到中学读书,是我平生第一次离家独立生活。去学校前的那个晚上,兄长拿出当兵时的拿手本领,把一只装维修自行车工具的空箱子,改装成一只能上锁的简易行李箱。母亲就拿着这个宝贝给我收拾行李。整理几套简单的衣服和几件必要的生活用品,她却用了将近一个晚上的时间。她念叨着"在家千日好,出门三日难",反复嘱咐我一定要学会照顾自己,要跟同学好好相处,要注意保暖,要懂得填饱肚子。相反,父亲就言语不多。他是一位基层村干部,关心的就是乡亲的出行问题。他提着一根水烟筒,跟过来看热闹的叔伯说，要是集体有钱就好了，可以把水泥路铺到大沟镇上去。一旁的小孩哄笑父亲在讲故事、吹牛皮。

一大早，母亲叫醒我吃早餐，当时我并不知道母亲什么时候起的床，后来跟她睡在一起的大姐告诉我，那一晚母亲一直都没有合过眼。

吃过小时候最喜欢的鸡蛋煮面，母亲就催促着把我们送到村口。一辆五羊牌自行车，后面用胶带绑着那只箱子，我坐中间，兄长在前面踩踏。我们将要出发，母亲上前一步，把我们拦住，硬给我手上多塞了她变卖农产品攒存的 20 元钱——使我一辈子也忘记不了的 20 元钱。她再次叮嘱我这个小儿子，多买些吃的，一定要填饱肚子。

自行车骑出老远，泥土路扬起的尘埃将要散尽，我回头望去，母亲依然站在村前的路口，不停地向我们挥手。她的身躯并不算高大，但此刻的形象永远定格在我的记忆里。许多年以后，家乡泥土路虽然改造了，但我常常在梦里见到那个路口，梦见母亲远远地朝我们出行的方向挥手。

母亲是一位细心的农家妇女，她知道我大概每个星期才会回家一趟，十分明白路途的艰辛。那时星期六上午还要上课，星期六下午和星期天全天放假，而我们要经过的寿长渡口，往往海潮不稳定，耽误行程，常常要耗时大半天，傍晚才能回到家里。第二天中午又得提早到镇上车站，排队买票乘车回校。

每次回家，不管有多晚，母亲都会耐心地站在村前的路口守望，直到等到我回来。每次回来，母亲都要好好地瞧瞧我，亲手检查我的行李，帮我缝洗衣服，仔细询问我在学校过得怎么样。那时的农村家庭物质生活并不富有，勤劳的母亲总会想方设法为我改善一下生活。

允泊村是供应东平渔港镇果菜的四个传统农业村之一，其出产的允泊莲藕、平堤甘蔗远近闻名。这里的村民坚忍勤劳，几乎家家户户都有菜园，每逢秋冬时节的傍晚，一望无际的菜园与海边的落霞交相辉映，形成一幅风光独特的田园山水画。那时，物物交换很普遍，村民可以直接拿些花生、木柴、果菜之类的农副产品，到海边与刚靠岸的渔民交换渔获。

每逢星期五的晚上，母亲常常会加入这队伍中，为的是让我第二天能吃到久违了的"新鲜"。母亲年轻时曾经当过村里的妇女队长，是一位正直无私的女性，大凡村民有红白喜事，她都主动上门帮忙。每当换得渔获多的时候，更乐于与左邻右里分享。母亲与嫂子的婆媳关系也很融洽，她们一起劳作，早出晚归，相互扶持。这种温馨与和睦的家庭邻里关系，一直让少年的我倍感温暖，快乐成长。在母亲和乡亲的面前，我永远是一位受包容长不大的孩子。多年以后，我写过一首叫《忆故里》的诗："难忘旧日焗薯香，叔伯黄昏话暖凉。游子旅居忙碌后，哪回梦醒不思乡？"我用诗句去怀念那段远去的少年时光。

高中那阵子，为了不让母亲多等待，我经常一下课就跑到公路边等客车。由于中学所在的镇没有终点站，都是过往车辆，有时要等很久才能等到有空位的车。人站在路边，心已飞回了家里。一条20多公里的盘山回家路，如同一根悠长的绳子，一端缠着慈爱的母亲，一端缠着年少思乡的我。

三年的高中生涯，我自身的心智逐渐成熟，母亲的挂念却没有因为我年龄的增大而稍减，她的眼角处渐渐地多添了些皱纹。行路难，面对母亲的守望更难。后来我又到外地多念了几年书，但对交通出行艰辛的感慨，对亲人的思念，始终是求学期间挥之不去的心结。

参加工作以后，因工作岗位多次变动，我换了好几个地方生活，领略了不同的风土人情，但最挂念的，始终还是家乡，是家乡朴实善良的亲人和邻里。20世纪末，我调回县直部门工作，回乡行路难的问题依然没得到解决。50多公里的回乡泥土路，道路常常破破烂烂不用说，还隔着尖山和寿长两个渡口。记得有一次星期六乘客车回去探望双亲，车到尖山渡口遇上了大塞车，几公里长的车队渡了一个多小时，眼看我们的车就要上渡船了，结果渡船的动力坏了，船开不动，车又得转返市区。我赌气之下决定不回去了，第二天却还是抵挡不住思乡心切，再次前往乘车。

结婚成家，有了儿子以后，我和妻子商量，干脆把母亲接到城里来居住，一来是请她帮助我们看管儿子，二来是方便我们亲情相聚。

母亲一辈子没有出过远门，去的最远的地方就是阳江城，所以她的思乡之情特别浓厚，加上父亲离职后，待在老家帮助兄长看管旧居，我们每隔一段时间就得回一趟老家。

每回去一次，就害怕一次。尽管此时尖山和寿长两个渡口已经建成了大桥，大大减少了通途舟渡的麻烦，但三山路口至东平镇这最后10多公里的泥土路，却常常因为雨天的雨水浸积，烂泥两三尺深，车辆行走十分困难。那时，儿子尚小，回去的路上，要备齐各种衣物，车子有两次深陷泥潭，动弹不得，还得请拖车把车子拉出来，弄得场面十分尴尬。50多公里的回乡路，既艰难又辛酸。

20世纪初，83岁的老父亲突然摔了一跤，从此卧床不起，父亲对我们在市区一家的思念与日俱增。每隔一段时间，等当老师的妻子和读小学的儿子放假，我们便开始艰难"挪窝"：准备好衣物、粮草，让母亲、妻子和儿子回老家住些日子，而我就只能留守在城区的家里，变成了两头家。这样的日子持续到三年后父亲离世。

进入"十五"规划之后,阳江的交通建设揭开了新篇章,道路越织越密,通行速度也越来越快。2002年4月28日,广东西部沿海高速公路阳江段顺利通车,从此大大压缩了我们回乡的路途距离和时间。2012年底,三山路口至东平核电站的道路改造成了四车道的水泥路,父亲生前的梦想变成了现实,家乡的泥路变成了清一色的水泥路,昔日长叹"行路难"的乡亲们愁容散去,露出了笑脸。

2017年春节前,80多岁的母亲突然向我和妻子提出来,说我们的儿子长大了,她想回老家跟兄长一起居住。刚开始的时候,我觉得有点意外,没有同意她的要求。母亲说:"人总有落叶归根的一天,你们平时都忙于工作,我一个人在家老想家乡和乡亲,况且现在回乡的路也好走了,大家相见也比过去容易得多。"母亲一再坚持,我们只好同意她的要求。

最近这些年,阳江各方面发展很快。2017年,我们单位公车改革后,我买了一辆私家车,节假日回乡下成了我们一家的首选。儿子很喜欢乡下的环境,那里有村前清澈的小溪、夜晚星辰散落的海面、后山熟透了的稔子和牵挂着他的奶奶。儿子与奶奶一起生活了16年,对奶奶的感情也很深。我们一家子坚持每两个星期回老家看望一次老母亲,50多公里的回乡路,大部分是高速路,"最后一公里"也是高质量的水泥路,一路通途,不到一个小时就可以到家享受天伦之乐。每次在快到家10分钟之前,我便用手机通知母亲,守望回乡路已成为永远的历史。

(原载2020年由阳江日报社编辑出版的《70周年七十篇》一书)

富美渔村入画来

夏日时节，阳光灿烂，笔者驱车来到阳西县织箦镇鸡㘰塱村。到达村前，放眼眺望，远山如黛，海晏河清，粉墙黛瓦的小别墅错落有致，宽阔的硬底化道路旁，庭院民舍绿树环绕，文化广场干净整洁，一幅优美恬静的渔村画卷尽收眼底！

年过六旬的村民林振如主动给我们当向导。据他介绍，鸡㘰塱村是谷围村的一条纯渔业自然村，地处织箦河尖山嘴出海口南岸，距阳西县城10公里，有一个天然避风港。村子始建于明正德年间（1506—1521），相传林氏先祖君前和君业两兄弟从平冈镇石柱村乘帆船到此游玩，见这里土地肥沃，景色宜人，便就此定居。因村后有一座形如母鸡状的山岭，为图子孙万代村兴族旺，故取村名为"鸡㘰塱村"。后又有陈、阮、沙、吴、梁、谭几姓迁入该村，这里成为一个多姓氏的村庄。

"20世纪70年代前，鸡㘰塱村的村民们靠耕田种地和浅海捕捞为生。"林振如说，那时村容破败，村民生活相对贫穷落后。渔民出海没船，耕种却因人均耕地少而收入不高。尽管贫穷，但村民十分重视文化教育，讲求和睦相处，诚信互助。

改革开放后，鸡㘰塱村出了位有"阳江船王"之称的林进栈。林进栈有极强的组织力和经济意识。在他和村党支部一班领头羊的带领下，鸡㘰塱村民发挥近海优势，放飞梦想，同心致富，村子的经济实力和总体形象发生了翻天覆地的变化。目前鸡㘰塱村有渔船111艘，总功率4.6万千瓦，年海捕产量达2.6万吨，产值1.85亿元，年纯利润3880万元，人均年纯收入达13万元。有12户年纯收入超过100万元，有20户固定资产超过500

万元，是全省最富的渔村之一，成为阳江市乃至广东省农村实现共同富裕的一面旗帜。

在经济快速发展的同时，该村致力于新农村建设，强化生态保护，不断提升村庄文化品位，推动发展渔家风情旅游业，成为风景独好的新时代渔村。近几年，该村累计投入约1000万元建成了码头、进村大道、环村路硬底化、篮球场、羽毛球场、村民文化活动室、村中休闲公园、文化广场、污水处理等一批公共基础设施，村容村貌焕然一新。该村先后被评为省级文明村和"广东省宜居示范村庄""全国文明村""广东名村"，2018年入选"广东省改革开放示范百村"名录，率先实现了"产业兴旺、生态宜居、乡风文明、治理有效、生活富裕"的乡村振兴目标。2020年，该村代表阳江参加全省振兴乡村擂台赛，取得优异成绩。

鸡㙟塱村的发展，离不开林进栈和他的一班渔民兄弟的勇于拼搏、大胆创新。过去，受制于传统的渔船与设备，村民多在近海作业，他们划着小船，用简易的网兜等渔具进行捕捞。然而，随着捕捞能力的不断增强，村民们越发向往去深海远洋，开发更为丰富的渔业资源。

蔚蓝大海，给了林进栈他们辽阔的梦想。不满足于跟着祖祖辈辈的脚步在海边捕鱼的他，坚信只有乘船走向大海深处，才是村民脱贫致富的好门路。他先是动员村里最"谈得来"的人，合伙筹资买回了一艘大马力的旧船到远海捕捞，果不其然，人欢鱼满舱。

有了经验的林进栈，对"耕海牧渔"更加充满了信心。1985年，林进栈开拓海洋捕捞新路，以股份制的形式和村民合作购船，把其他一些买不起船的村民也带动起来，完成了第一次产业升级。

改革开放春潮滚滚，科技发展日新月异。为适应海洋渔业发展的需要，20世纪90年代末，在林进栈的带领下，鸡㙟塱村迎来第二次转型。木船慢慢退出历史舞台，钢壳船和先进的捕捞设备在渔民中普及开来，仅2000年以来，林进栈和村民们花在购置新船上的钱就达到2亿多元。用上钢壳船之后，捕捞船装上了雷达、卫星导航、测风机。有了现代化的捕捞设备，林进栈和他的渔民兄弟乘风破浪，走向更遥远的海域。"作为鸡㙟塱村支柱产业的海洋捕捞业，今天能得到迅猛发展，离不开林进栈带领大家齐齐往前冲！"说起过往的奋斗，已经退休的老书记林织感慨不已。

鸡㙟塱村还注重延长产业链，在发展海洋捕捞的同时，抓好相关配套产业的发展，"一业为主，多种经营"，集捕捞、基地养殖、水产品加工销售、后勤服务于一体。2005年，林进栈建立了集海洋捕捞、加工销售、后勤服务于一体的顺欣海洋渔业公司，按股份合作制组成船队作业，采取"公司+渔船"的经营模式，通过公司出资支持渔民买船，建立起公司与渔民利益同享、风险共担的双赢经营联合体。现在该公司已经成为农业产业化国家级重点龙头企业。紧接着，他们又建立渔网厂和水产品加工厂，成立阳西顺兴流刺渔业专业合作社，推进渔业产业化经营，带领村民走上了共同致富之路。经营模式的成功，极大地激发了渔民的生产积极性，当年公司海洋生产总值达1.36亿元，创造利润约3000万元，69户村民获利润2000万元。

"造更大的船，去更远的地方，捕捞经济价值更高的鱼，这是我们的梦想！"当年，林进栈曾自豪地说。带着这样的理念，2011年，广东顺欣海洋渔业公司成功收购了深圳一家远洋捕捞企业——深圳水湾远洋渔业公司。该公司有6艘具备远洋能力的船只，每艘船造价1300万元，载有超低温的设备。而更为重要的是，这家公司有远洋捕捞指标，这是难得的资源。同年，鸡嘴塭村又成立了广东中洋远洋渔业有限公司——一家集远洋捕捞、水产养殖、水产品加工及冷冻仓储等经营为一体的现代化大型水产品冷链物流企业。

对于金枪鱼等深海水产品，很多人觉得稀罕，而鸡嘴塭村的村民早习以为常。保证金枪鱼的新鲜度，是一项重大工程。广东中洋远洋渔业有限公司是广东首家获得出口冻金枪鱼备案资质的生产企业，使用具有国际先进水平的零下55℃~60℃超低温冷库及生产设备，最大限度地保持金枪鱼的营养和鲜度。凭借过硬的产品质量，以及完整的上下游产业链，该公司在2020年疫情期间仍保持产销两旺，一季度实现销售额4300多万元。

往鸡嘴塭村深处走去，在中央广场上，一座高约7米、以村民撒网打鱼为造型的雕塑映入眼帘，它便是"海之子"雕像。顺着宽阔的村道前行，一栋栋别墅整齐有序，文化活动室设施齐全，房前屋后种上了花草树木，清香四溢，令人心旷神怡。

当下正值休渔期，依海而生的鸡嘴塭村比平日多了几分热闹，远航回乡的渔民们在家门口闲谈小憩，一摞摞渔网摆放在屋前院落，老人和妇女在家门口悠闲地织网，不远处的儿童游乐园不时传出清脆的笑声……纯朴的村庄，处处洋溢着温馨和谐的气息。

月是故乡明，景是故乡美。社会主义新农村建设号角吹响，富了的林家兄弟不忘造福乡梓，主动承担该村建设的大部分资金，并发动村民捐资，在全村掀起了建设新农村的热潮。2003年，该村便实现了村道硬底化。随后，相继建起了进村大道、环村路、阅览室、文化广场、篮球场、码头停车场、路灯、地下排水排污工程等公益设施，村里实现了家院净化、村道亮化、村庄绿化。不仅如此，村民们的生活观念也发生了跨越式变化，教子有方、爱心常驻、家庭和睦的家庭不断涌现，该村多次被评为文明村。

进入新时代，怀着对更高质量美好生活的追求，鸡㘄塱村民在产业发展的基础上，紧紧抓住距离阳西县城只有10公里的地理区位优势，以及独特的山海资源优势，发展起了渔家风情旅游业，开辟特色化发展新路子。

该村通过村企合作，以自然景观为依托，以生态保护为前提，结合浓厚的渔家氛围，打造休闲农业和乡村旅游项目。该项目将建设休闲农业和乡村旅游示范基地170亩，其中，包括民宿客栈、采摘和农业观光体验园、水上乐园、垂钓场、主题花海、户外拓展野战基地、农家乐美食餐厅、渔家风情馆及休闲度假中心等，建设面积达100亩。通过大力发展休闲农业、观光农业、体验农业等新兴产业，实现游客与村民的资源共享，打造"宜居宜业宜游"的滨海渔村。

生活富起来，环境好起来，文化生活多起来，乡风纯起来。站在沿半山修建的特色绿道眺望海平线，山顶到海面的景观尽收眼底，沿海栈道、游船码头、特色农庄、荷塘长廊……处处彰显鸡㘄塱村民的灵动与活力。通过干群乡贤群策群力、上下一心，这个曾经名不见经传的小渔村蜕变成全国文明村，成为村民幸福家园、游客休闲乐园，奏响了一曲嘹亮的乡村振兴发展交响乐。

夕阳西下，我们恋恋不舍地离开了这个美丽渔村。衷心祝福鸡㙟塱村的人们幸福安康，尽享太平盛世！

（原载 2020 年 5 月 28 日《阳江日报》）

人事篇

怀念黄伯荣先生

5月12日,是世界第100个母亲节。然而,在这个祝福母亲、纪念母亲的日子里,我们却失去了一位世人敬重的父亲。这天,当代著名语言学家黄伯荣老先生归隐道山,享年91岁。

可是,就在昨天,与一班老文化人聚会的时候,大家还提起了黄老先生。那时我想,近来比较忙,已经有段时间没与黄老先生见面了,应该叫上几个老朋友,趁着即将到来的母亲节,约黄老先生"指点指点",顺便弄一顿家乡菜。于是,我们当场就给黄老先生的家人去了电话,才得知黄老先生身体有恙,住在医院。本想着隔天再去看望,没料想,今天早上传来噩耗,黄老先生仙逝了。这是预感,还是上天有意?要不,怎么偏偏让黄老先生在众人纪念母亲的日子里走了呢?

最早知道黄老先生,是求学期间用过他和廖序东主编的《现代汉语》教材,真正与黄老先生交往,则是在他退休闲居家乡以后。虽然与黄老先生相识不长,但他的丰富学识和人格魅力给我留下难以磨灭的印记。每每想起飘浮在眼前、闪现在脑海的记忆碎片,犹觉音容宛然,难以忘怀。

难以忘怀他循理求道的学术情怀

王国维在《人间词话》里说:治学三境,"众里寻他千百度,蓦然回首,那人却在,灯火阑珊处"是为最高境界。做学问、成大事业者,要达到此种境界,必须有专注的精神,循理以悟道,上下以求索。黄老先生师承王力、岑麒祥、商承祚、方光焘、杨树达等教授，毕生致力于现代汉语和汉语方言的研究，在现代汉语语音、文字、语法、方言等方面有极深造诣，并且坚决服从国家高校学科建设的需要，先后任教于中山大学、北京大学、兰州大学、青岛大学等高校，对每所大学现代汉语学科的构建都做出了巨大的贡献，终落华而收实，成为语言学界的一代大师，先后出版著作23部，著有论文30多篇，可谓灿若星斗，特别是他主编的《现代汉语》，被誉为"一部最受欢迎的现代汉语教材"，教育部、甘肃省、江苏省、山东省、青岛大学分别授予他社科优秀成果一等奖6项、二等奖2项、三等奖3项。退休以后，他依然笔耕不辍，出版了长达180万字的《汉语方言语法类编》和12.5万字的《汉语方言语法调查手册》两部填补学术空白的著作。2011年我去探望他时，他还以耄耋之年主持编写新版《现代汉语》教材。为了让教材贴近教学实际，黄老先生运用互联网坚持每天与全国大中学生展开讨论。这种终身学习、治学严谨的态度，对一位90岁高龄的老人是极为可贵的，无论为人、为师、为学都堪称一个时代的表率。黄伯荣老先生是学术界的标杆，更是阳江人的骄傲。随着时间的推移，黄老先生对祖国语言学的贡献将成为一颗异常璀璨的明珠。

难以忘怀他平易近人的平民情怀

黄老先生是我国著名的语言学泰斗，但是，只有真正亲身接触过，才懂得黄老先生的平易近人。记得我初次拜访黄老先生时，对于我这一慕名登门的晚辈，黄老先生毫无高高在上的名人架子，亲切随和，率性自然。后来，我提议请黄老先生吃顿饭。黄老先生很客气，婉拒了我。在我的再三请求之下，黄老先生同意了，却提了个要求：不用高档，不要浪费。他笑道："我的胃是农村生的，只适宜消化农家菜，如果能吃上田头氹长的塘鲗、泥鳅仔，让我回忆一下儿时的感觉，那已是我最大的口福。"遵从黄老先生的意愿，我们去了红丰镇塘围圩伟记酒店，先点了一份塘鲗和一份泥鳅。然后问到黄老先生还喜欢吃什么菜时，黄老先生很爽快地说："没什么特别的要求，你们点什么我就吃什么。"我们只好加上一个猪杂煲和一个杂菜煲，都是乡下最普通的菜肴。于细微处见真性情，仅从吃饭这一微小细节，就见证了黄老先生的待人处事：不张扬，不作秀，朴素平实，豁达大度！后来了解了黄老先生的坎坷身世，才体会到其处世的缘由。黄老先生生于乱世，周岁丧父，孤儿寡母，相依为命，艰难求学，又因其地主家庭出身，曾备受凌辱。20世纪50年代，黄老先生响应党中央支援大西北的号召，执教兰州大学，一去就是将近30年。后来，他重新踏上海陵岛那洋村土地做的第一件事，就是走家串户，寻访乡亲故旧。以草根为本，以草根为怀，是黄老先生的毕生秉性。平日里，黄老先生也是一副平民做派，时常见他与夫人携手去市区狮子山市场买菜，出门也是自己搭车，有什么生活困难断不肯麻烦别人，相对于一些乘肥马、衣轻裘，食不厌精、脍不厌细的所谓专家学者，境界高下自分。

难以忘怀他眷恋故土的赤子情怀

作为热爱阳江的文化名人，国画大师关山月、油画家苏天赐用画作展示了阳江的多彩，黄老先生则用语言丰富了阳江的内涵。对于阳江，黄老先生是爱之极深的，五十余年来，始终把大量感情倾注在阳江方言的研究上，发表了《阳江音系》《阳江话的几种句式》等许多论著，对阳江方言与普通话在语音、语法方面的比较都做了深入的探究。此外，他还为《阳江县志》写了《阳江方言篇》，对阳江话的语音、词汇、语法以及谚语、歇后语等都做了综合简介。退休后，黄老先生干脆带着夫人回到阳江居住，继续致力于研究阳江方言，力图将具有阳江地方特色的冼夫人文化、咸水歌文化、诗词楹联文化等，发扬光大。当前，汉语方言特征消失速度加快，濒危方言消亡情势越发严峻，黄老先生以高龄之躯，仍在家每天坚持上网，与年轻学人交流研究汉语地方方言，奖掖后进不遗余力。为了让外来人快点学会讲阳江话，他总结了五个舒声加四个入声的"九调"学习法；他为叶柏来先生的《阳江字音》修订本作序，称其为"一朵文化鲜花"；在读过冯峥先生的《阳江方言字词语典》之后，他把它誉作"阳江文化园地里又一朵奇葩"，并字斟句酌地纠正其中的不足之处，热爱家乡的拳拳之心跃然纸上。

难以忘怀他兼济天下的家国情怀

黄老先生出身于书香门第，父亲是清末的秀才。"耕读传家久，诗书继世长"的家风在他的身上留下深刻的印记，使他既有"只在此山中，云深不知处"的隐士风范，又有"先天下之忧而忧，后天下之乐而乐"的士大夫家国情怀。黄老先生常说，有国才有家。作为纯粹的文化人，黄老先生始终把文化当作民族灵魂和精神家园，无论在多么艰难的情况下，他都不忘民族文化的传承和弘扬。记得一次因族谱修编事宜拜访黄老先生时，他语重心长地说，族谱既是一部反映民族大融合的历史，也是一部先人砥砺奋进的辛酸史，跟文化一样，都有其既有的传统、固有的根本，抛弃自己的根本，就等于割断了自己的精神命脉。叮嘱编修族谱要秉承《史记》"实录"精神，记载前人奋斗历史，激励后人向有贡献的先人学习，从而建立传统文化的自信，延续民族文化生生不息的生命力，构筑中国梦的强大精神动力。曾几何时，时风吹得文人醉，一些文化人，一瓶子不满，半瓶子晃荡，心气浮躁，自我膨胀，人离名利很近，文离生活很远。而黄老先生不管世事如何变幻，始终以一颗淳厚温存之心待人处事，敬业治学，即便退休之后，仍心忧传统文化断层，致力民族文化传承。黄老先生淡泊名利的品行和兼济天下的情怀，可称是一面镜子，对那些整天汲汲于名利、戚戚于富贵的人来说，不啻是一服清醒剂。

昔人已乘黄鹤去，文坛浮躁却依然。当今社会，所谓的"精英"遗忘了文化，甚至在一些人的眼里，日行于市的是无尽的物欲。每念于此，想起黄老先生未竟的文化传承事业，仍觉无尽感慨，于是缀以成文，是为怀念。

（原载 2013 年 5 月 16 日《阳江日报》）

李伯振主政"两阳"成绩卓越

阳东合山镇里寮村，因出了李萁、李伯振父子而闻名遐迩。

走进里寮村，四野田畴肥沃，绿树成荫，田园与村子互为衬托。在乡亲们的引领下，笔者一行穿过一条狭窄的巷道，来到了一处乡村院落。院落占地100多平方米，由于年久失修，院子后堂明显有瓦片脱落的痕迹。如果不是乡亲们绘声绘色的描述，我们很难把这里和曾任堂堂一方县长的李伯振的故居联系起来。

李伯振（1895—1940）系辛亥革命烈士李萁（1872—1915）之长子，自幼饱受"修身、齐家、治国、平天下"的儒家思想和自由、平等、民主、博爱的思想熏陶，于1925年12月至1931年1月任阳春县县长，1931年2月转任阳江县县长，1936年2月至4月一度去职，同年8月复任，直至1936年底。据史料记载，在"两阳"十年县长任上，李伯振秉承"为官一任，造福一方"的从政理想，既富远见卓识，又知躬身力行，书写了一部顺时应势、经世致用、教化爱民、勤廉务实的为政传奇。

近段时间，怀着景仰之情，笔者专门收集和研究李伯振的史料，并与他的孙子李东先生、外孙司徒志坚先生等后人取得联系，又实地走访了阳东合山镇里寮村李伯振故里的族人，通过挖掘众多的"实料"，尝试全方位揭秘这位历史上对阳江有着重要影响的人物。

民国初期，广东军阀混战，政权迭变，"两阳"地区土匪为祸，民不聊生，李伯振的父兄就为土匪所害。对匪患有切肤之恨的李伯振，1925年12月出任阳春县长后，将消除匪乱、保境安民作为头等大事，四处协调，终于促成阳春、阳江、茂名、电白四县联合，成功清剿八甲篱坪大山徐东海匪帮，肃清温国标、罗靓、黄蜂腰等股匪，配合军队歼灭陈大炮、苏广、范里儒等1300余名惯匪，根除了阳春、阳江、恩平、新兴、云浮、罗定等县边境十余年的匪患，一时社会太平，秩序井然。此后，李伯振为解决当时民众缺医少药的大难题，于1933年7月创设县立医所，规定每周一、三、五赠医，三年多来平均每年受赠人数达万人，民众的健康水平和精神面貌焕然一新。

接着，李伯振着力抓好粮食生产这个安民之本，引进泰国的"暹罗种""八担割"等名优品种，开渠引水灌溉稻田，灌溉面积达9万亩，占全县水稻田的20%。所产粮食除自给外，余下部分北运出新兴县转肇庆，南运出阳江转销开平三埠。他还大力倡导发展冬种，成立了农业推广处，在合山正垌设水稻试种场，聘请外地技术人员，指导推广"东莞白""罗粘"等优良稻种和荷塘芥蓝、白色生菜等蔬菜新品种。他在阳江乐安设立中山纪念林场，在织箦大垌山建立风景林场，培植了赤松、南洋杉、油桐等20多个树种，在全县推广种植。1933年，他亲自指导筹办了阳江县立改良漆器传习所，从福州市请漆器师傅到阳江传授技艺，推动阳江漆艺发扬光大，到1935年，阳江漆器商店增至36家，全年产值达34万元，漆器成为阳江"三宝"之一。随着经济的发展，"两阳"地区市场空前活跃，楼堂馆所、酒店商号林立，进入了民国时代的全盛期。

在抓好经济建设的同时，李伯振注重抓好文化建设，发展基础教育。1928年，他指令成立阳春县教育基金委员会，将一向专为县长私俸来源的"山河小税"和"宾兴尝产"拨作教育经费，在春城新谷仓兴建民众教育馆、图书馆等文化设施，指定县属各姓祖尝划拨尝产开办国民学校，先后创办阳春乡村师范学校、阳春第一女子小学，全县38个乡开办四年制初级小学。他制定《阳江县政实施大纲》，以"宪政"形式倡导兴学办校，以筹资、自捐等方式筹款7万余元，在城南鼍山重建广东省立第二中学（后改称省立两阳中学，原校在广州越华路，因火灾全毁停办），并积极谋划扩充阳江全县学校，规定凡300户以上的乡村必须设立小学1所，各乡村未指定用途之公款以及各区新增收入之经费全部拨作教育经费，使阳江小学由100余间增至1935年的200余间，学生达到1.4万人，教育经费增至11万余元。漠阳大地自此书声琅琅，重教兴学蔚然成风。

在实际工作中，李伯振重视广泛延揽人才，为遴选阳江县立中学（今阳江市一中的前身）的校长，多方征求意见，最后选中林振寰(1896—1977)。当他得知林振寰到省立第一中学（即广州市广雅中学）工作的消息后，亲赴广州邀请其回阳江出任县中校长。李伯振注意兴建文化设施，增加教学设备，主持成立阳江县图书馆，扩大南郊运动场所，建立民众阅报处10余处，设立县城公共仪器标本所，购置理化仪器和动植物标本供教学之用。他注重培养新式人才，挑选一批优秀学生赴欧美留学，成为"两阳"教育界空前盛举。受其公费帮助赴德国、法国研究热带病和药理学的李焕燊，获德国汉堡大学肠虫学医学博士学位，后来在广州、台湾工作，并在医学领域取得骄人成绩。

路通信息通财通，李伯振特别重视发展交通、电讯等市政事业。他策划主持兴建（阳）春电（白）公路、（阳）春新（兴）公路等一批道路，开办运输公司，在阳春首次开通汽车；成立阳春电力公司电灯局，在城区机关、学校、商店、民居安装电灯、街灯照明；设立阳春电话所，架设电话线，扩展邮政线路，为阳春市政建设基本框架打下基础。他在阳江兴建（阳）江台（山）、（阳）江电（白）两条公路以及兴仁路、龙津路及环城东、西、南路，开辟了建有"风雨廊"骑楼的南恩路，先后修成中溶行人道、北惯行人道等，并改直了埠场河道，使阳江城区公路纵横、通途便捷。他注重加强园林景区建设与美化绿化，开辟了大峒山净业寺风景区，在阳春县城、阳江县城、平冈等地兴建中山公园，在公园、学校广泛种植美国杉等绿化树，在通往电白、恩平等地的公路及阳江县城街道两旁种植台湾相思树、凤凰树等树木。

尤其值得一提的是，李伯振反对机构多、冗员多、扰民多的政府建制，倡导政府官员必须廉勤明政。他一生躬身力行，为人为官皆守于贫、操于廉、勤于事。任职阳春县长时，取消了县官从"山河小税""宾兴尝产"收入为"私奉养"的经济来源，仅靠每月300元的工资养活一家老小，以致常回合山里寮老家取稻谷作为家庭用粮。他大力精简阳春县政府机构，仅设秘书室、民政科、财政科、建设科、文教科、警察局，科（局）长、科员、录事不过三四十人。在阳江任上，于原松园宾馆旧址安置家人，耕田种菜自给自足，舍小家、为大家，殚精竭虑谋划发展工农业，兴建基础设施，振兴文教事业，直至1936年底因病离职。

李伯振任"两阳"县长十年，踏遍"两阳"的山山水水，致力兴利除弊，为各项事业呕心沥血，以致46岁就英年早逝。李伯振病逝后，"一身外竟能无长物"，其家人唯有依靠本邑缙绅沙云卿（沙世祥）、梁鹤云等人的主动帮助，才完成其丧事。

在"两阳"处在社会转型、迫切需要发展的历史关头，幸运地有李伯振这样的官员主政，倾力于地方建设，对"两阳"的政治、经济、文化、教育等方面均产生了深远影响，留下了浓墨重彩的一笔。

李伯振开地方社会近代化转型先河。其当时所在的民国虽未建立起真正的宪政，但民主共和的理念已深入人心，经济和文化理念长足进步。李伯振顺应历史趋势，在政治、经济、文化、社会等领域实施了一系列开拓性的政策措施，将民主共和的理想一点一滴地付诸实践，如主持成立肇罗地方法院阳春县分庭，实行司法独立，树立法治权威；推进人事革新，广泛延揽人才，组建精简高效的地方党政机构；以发展经济为中心制定施政计划，推行轻徭薄税，强化技术引进和创新，振兴农工商业；倡导人本主义，革除陈规恶俗，成立妇女会保护妇女合法权益，保障贫苦大众子女入学读书的机会，等等，都显著焕发了社会活力，改造了社会风气，推动了农工商经济领域的市场化、政治领域的法治化、思想领域的理性化和社会生活领域的文明化，使"两阳"社会面貌巨变，呈现出朝气蓬勃的新气象，揭开了地方社会近代化转型的序幕。

李伯振奠定了"两阳"城市发展的基础。民国初期，"两阳"地区自给自足的自然经济占支配地位，工商业发展滞后，难以对城市发展提供强有力支撑。李伯振敏锐地认识到，随着农工商业的发展、交换的增多、经济的繁荣，城市化是发展的必然。因此，为寻求地方的长远发展和民众物质精神生活上的改善，李伯振从发展交通、改善市政设施着手，积极推动城市的建设和管理，建成与外界互联互通的交通通信线路，打造南恩路、龙津路等商业街道，实现商业与城市的互动，逐步打破阳春、阳江县城封闭单一式的城市机能，推动两地由单一的农业社会行政型城市向近代手工业、商业、政治多元型城市过渡；同时，他还大力发展织篢、平冈、岗美、北惯等镇圩，将其打造成连接城乡的重要节点，从而奠定了今天阳江城镇发展的基本格局。

"两阳"地区自冯宝与冼英（冼夫人）联婚后，设学宫，置书院，教化民风，宋代至清代，科举出身的进士有19人、举人145人。但近代以来，"两阳"地区因袭旧式教育，新式教育发展滞后，文教事业日益落伍。李伯振秉承"国家根本在乎国民，国民良否关乎教育"的理念，从改革旧教育制度入手，重振重教兴学之风，改良学校教育，普遍开办国民学校，推行义务教育、社会教育和职业教育等，积极传播新思想、新知识，荡涤封建旧俗，培养新式人才，对"两阳"地区的文教事业发展产生了巨大而深远的影响。李伯振重振的两阳中学就曾培育出曾庆存、黄云、黄伯荣、司徒尚纪、苏天赐等一大批优秀人才。韩愈"治潮仅八月，山水尽姓韩"，李伯振之于"两阳"地区的贡献，同样不遑多让。

就个人品格而言，李伯振身为一县之长，生活俭朴，廉洁自律，不爱钱，不置产，无私蓄，唯一关注的就是民生疾苦。他注意政治上安民、救民，致力消除匪乱、救济抚恤贫苦无依者，保障社会秩序稳定；坚持经济上富民、利民，创设宽松的社会生产环境，大力发展农林业生产、培育工商业，推动百业振兴。注重道德、文化上教民，"以百姓心为心"来教育感化民众，塑造崇文重学的社会风尚和人文精神。

"政声人去后，民意闲谈中。"十年从政，李伯振始终以济世利民为己任，扎扎实实为百姓兴利除弊，做实事，谋实惠，为后世树立了勤政爱民的典范。李伯振的功绩，"两阳"人民至今仍念念不忘，从1957年建北山烈士陵园时，阳江民众专门建起"李伯振纪念亭"即可见世人对他的敬重与怀念。

"两阳"历史上，主政一方的官员如过江之鲫，但像李伯振这样把庶民百姓冷暖放在至高无上的位置,并被民众深切怀念的又有几人?当前,阳江经济社会发展已经进入一个新的历史时期,经济发展正向质量转型,社会管理正向法制转轨,文化教育正向人本转化,等等,迫切需要为政者不要懈怠、有所作为、不辱使命。抚今追昔,我们的党员领导干部一定能从李伯振的为政之道中,获取执政为民的感悟。

(原载2015年9月6日《阳江日报》)

沉醉于书画艺术的陈醉

在中国美术理论界，提到陈醉，可谓无人不晓。陈醉是中国现代裸体艺术研究领域的拓荒者，20世纪80年代，其代表作《裸体艺术论》的出版，奠定了他"中国现代裸体艺术研究之父"的地位。近日，陈醉受邀回乡办画展和讲学，笔者趁机专程拜访了这位阳江籍著名学者、书画家，听他畅谈艺术成长之路和对家乡的深厚情感。

陈醉，本名陈国昭，后因取"沉醉于艺术殿堂"之意而改名。1942年，他出身于阳江城攀桂巷，这里靠近中山公园。陈醉少时经常在周边玩耍，在他日后关于家乡的画作中，不乏中山公园、大榕树、南恩路等场景，家乡的一草一木，深深烙在他的记忆里。

陈醉说，自己对绘画的痴迷，主要是幼时受家庭的熏陶。陈醉出身于书香门第，父亲是黄埔军校第六期学生，母亲则是在中山大学学习过两个专业的高才生。因父亲军人的工作特性，陈醉出生后随父母辗转生活于广州、南京、上海等地。

在陈醉的记忆里，父亲十分爱好书法和篆刻，且要求他从小练习书法；母亲则对文学充满热忱，将对征战在外丈夫的挂念，吟成一首首饱含深情的边塞诗作。浓郁的家庭艺术氛围，深深感染了少年时期的陈醉。陈醉说，自己日后书法入画的特色，离不开幼时练习书法打下的童子功。

陈醉青年时学怀素的狂草，还学黄庭坚的行草。其他如篆书、隶书、楷书也都有一定的涉猎。所以他擅长用狂草来画人体，这是一般画家达不到的，因为一方面要有书法用笔的功力，另一方面还要有写实造型的基础。翻看陈醉的画作，他的笔墨很简洁，又很随意，一方面是怀素狂草的流风余韵，另一方面还渗透了他的独特风格，这都得益于他的书法根基。

"蓝天碧海万绿葱，椰林高挺傲台风。"在陈醉的画作中，不乏诗词的题写，使得画作更具意境，他深厚的文学功底由此可见一斑。

陈醉从小喜爱文史，中学时期，跟随父母回到故乡阳江生活，并进入阳江一中学习，结束了幼时奔波的日子。交谈中，陈醉多次提到母校，他说，阳江一中是一所了不起的中学，在这里，他明确了日后的志向：当画家和作家。

"当时学校非常注重因材施教，老师善于发现学生的特长，培养学生的爱好。"陈醉回忆起一中活跃的艺术氛围，仍念念不忘。他说，当时学校成立有多个课外兴趣小组，他爱好文学和绘画，就分别报名参加了文学组和美术组，这给了他学习知识和展示才华的机会。陈醉那时候虽然还只是一名中学生，但得益于校长对文艺特长的重视，经常给学生们"开小灶"，教授绘画技巧。

当年报考大学，分理工、医农、文史三类进行报考。陈醉数理化成绩不错，很多人认为他会报考理工，但他坚定志向，报考了文史类，并成功考入上海戏剧学院舞台美术专业。"上海戏剧学院既有文学专业、剧本专业，又有美术等专业，当时感觉自己鱼和熊掌兼得，甚为欢喜。"陈醉笑呵呵地说。

1960年，18岁的陈醉离开家乡远赴上海，开始了新的求学之路。陈醉说，这是自己第一次命运的转折。当时的大学老师是刚留苏回来的教师，陈醉得以系统地接受新鲜且丰富的美术学知识，开阔了眼界，打牢了学问基础。

然而，在那个特殊的年代，家庭出身，让陈醉命运多舛。

1964年大学毕业后，陈醉被分配到江西省文化局下属的话剧团。受当时大环境的影响，绘画创作受到一定限制，但陈醉仍未丢掉手中的画笔，他成功地策划和组织了"毛主席创建井冈山革命根据地40周年展览"，使之成为江西省美术史上浓墨重彩的一笔。

　　后来，陈醉被下放到井冈山山区的农村，度过了两年颇为艰苦的日子。"挑石头、种地、运木头，啥脏活累活都干过。"虽然外表文弱，但陈醉内心深处刚毅坚韧，忙农活之余始终未曾放下手中的画笔。两年后，他被借调回江西省出版社，从事编辑出版和创作工作。1974年，陈醉被正式调回江西省原文艺学校，走上讲台，从事教学工作。他认为，这是自己第二次命运的转折。

　　1978年，国家恢复研究生招考制度，给陈醉的人生带来了第三次命运选择。他萌发了考研重新求学的念头，并毅然报考了中国艺术研究院。陈醉告诉笔者，这是他能够掌握自己命运的关键选择。为了筹措考试旅费，刚结婚的他，把家中唯一值钱的缝纫机卖了150元，拿其中50元去上海初试、100元去北京复试。在江西十几年持续对艺术的执着追求，让他成功了。考试通过的那一刻，他的内心充满着风雨过后迎来彩虹的无限喜悦。

　　迈上更高台阶的陈醉，十分珍惜在高校的学习机会，他冲破禁区，穷尽七载光阴研究裸体艺术。大学四年，他打牢了绘画的根基；研究生三年，他侧重于从理论上做研究、做积累。"研究生的这三年，眼界完全不同，看的面更广，关注的点更深。"陈醉说，正是在研究生学习期间，他开始关注到裸体艺术研究这一课题。

陈醉说，当时翻开欧洲艺术史，代表作中不乏裸体艺术的创作，文艺复兴等几个美术史上的关键点，也有不少关于裸体艺术的重要作品。但翻看中国美术史，这一领域无人问津，国外与国内艺术成果的鲜明反差，深深地刺痛了陈醉的心。他暗暗下决心，毕业后一定要冲破这无人敢触碰的禁区，以"我不下地狱谁下地狱"的精神去填补国内这方面的空白。

研究生毕业后，陈醉立马投入裸体艺术研究中。身边亲朋好友怕他栽跟头，轮番劝诫他选择稳当的研究课题，但始终无法阻挡陈醉极强的探求欲和事业心。当时没有照相机，他就通过临摹来收集资料；国内中文书籍没有参考资料可借鉴，他就想尽办法从有限的外文版图书中找寻相关内容参考。陈醉说，当时自己最大的担心，首先是怕零基础的领域，自己没有能力研究出像样的成果；其次是怕书写出来后，没有出版社愿意担风险来出版。

1987年，经过七年的艰苦努力，《裸体艺术论》终于成书出版，成为中国研究裸体艺术惊世骇俗的"开山之作"，并且立即引起了很大的轰动。一时间，新华社、《人民日报》《光明日报》《南方周末》等各大权威媒体争相报道，仅1988年一年之内，该书累计印刷三次共计20万册，一本学术著作在当时达到了一书难求的地步，实属罕见。也因为如此，1988年被舆论界称为"陈醉年"。之后，这一原本被视为绝对禁区的研究领域逐渐受到广泛关注。

坚持理论研究的同时，陈醉从未放下手中的画板。科研、创作是陈醉艺术生命的两个重要组成部分，相得益彰。其画作个性鲜明，风格隽永大气，富于学者风范，体现出深厚的文化底蕴。其作品不论中、西，都注重传统精神与现代观念的融合。

离乡数十年，随着年龄的增长，陈醉对家乡的情感愈发浓厚。陈醉满含感情地说，家乡是自己的根，没有根系的营养，就没有自己日后的成就，阳江是"书画之乡"，文化氛围浓厚，滋养了一代又一代艺术骄子和各类专家，他倍感自豪。

离开故乡后，陈醉多次回乡写生、采风。这个习惯从大学时期到现在，几十年从未中断。1998年，陈醉首次回乡办个人画展，受到父老乡亲的热烈欢迎。此次再回家乡，陈醉与多位阳江籍著名画家在市美术馆举行了联展。讲学办画展之余，重游故地，小时候生活过的地方，那古朴的房屋，小桥流水的景象，都让年逾古稀的老艺术家十分怀念。

陈醉身在京城，依然心系故里，不忘宣传家乡。在他看来，阳江的自然禀赋得天独厚，蓝天白云、沙滩海浪和饮食文化等都是阳江的财富，生活在这片土地上幸福、惬意。"世界美食在中国，中国美食在广东，广东美食在阳江。"陈醉说这话的时候，显得开心自豪。他还表示，很欣慰家乡有一批热爱艺术的青年，漠阳特色文化应当传承发扬，而他也会为此继续尽己所能。

（原载2016年10月12日《阳江日报》）

丰碑屹立慰忠魂

近段时间，坐落于阳江市江城区鸳鸯湖畔的李萁烈士纪念碑亭重新修缮，让李萁的名字又热了起来。

研究历史人物必须以原始资料为基础。目前，公开发表、发布的关于李萁的文章，多数是依据如下两方面的材料：一是当年的公开报道；二是一些当事人后来的回忆。但是，这两种材料，都是第二位的。而核心的史料依据应该是原始记录档案和相关物件。对历史人物来说，只有当其远去一定的时间之后，后人才能凭借理性的态度和完整的资料去聚焦和评判其人。

近年来，随着一些原始史料被相继发现，我们可以对李萁其人其事做一番新的梳理。

正所谓时势造英雄，必须把李萁置于特定的历史时空轮廓下来观察和探讨。在当时以小农经济为主体、封建土地所有制占主导地位的中国封建社会里，贫富差距巨大、社会撕裂、民心涣散，因此清朝末期的甲午战争，输给已全面现代化和组织化的日本资本主义，几乎就是一种必然了。从那时起，救亡图存，成了李萁那一代爱国人士的热切追求。

1872年，李萁生于阳江县合山里寮村一个书香门第。据考，其祖父是同治年间（1862—1875）的恩贡，族谱也说其父亲考取过清朝秀才。怀着对先辈的敬仰之情，笔者曾多次实地考察过李萁的故居，数次探访过其后人。从李萁的家世来看，李萁家族虽不是官宦世家，但是耕读传家。李萁幼时就被送进私塾读书，后来还到阳江城濂溪书院，拜阳江名绅邓琳为师，受到过良好的传统教育。别小看这些前期经历，正是这些传统的教育，让李萁早早就产生中国传统士大夫所具有的"政治担当"的思想。直到青年以后,忠君爱国思想还深植于李萁的骨子里。这从后来他在美国写给师友的一首诗中可见一斑。该诗全文如下:

"乡心一日抵三秋,底事天台误阮刘。狂喜形骸真浪放,等闲富贵已云浮。中原有鹿教谁逐,故国无鸠谓我求。何日皇图归巩固,近闻新政下神州。"

从这首诗里,我们可以看到李萁对清政府"新政"倾注的热情和所寄予的希望。

就在李萁还在阳江城濂溪书院读书的时候,他家遭遇了一场意外的变故,其父因打抱不平,代人写状纸,被邻村为盗作歹的人所毒杀。如果不是遭遇这场突如其来的家庭灾难,很难想象李萁还会在科举的道路上走多远。

家庭突生变故后,李萁先去了香港的一家药行打工,1892年转去美国旧金山谋生。李萁身处的美国,当时经济正处于较快发展的开放时期,这与锁国闭关并经历一系列战争失败和签订耻辱条约的中国相比较,形成的强烈反差,深深地刺激着他。

同一时期,出生于广东香山县大他 6 岁的孙中山,因 1894 年上书李鸿章被拒,又洞见甲午战争惨败之因,而彻底放弃"改良"的幻想,转变为一名坚定的革命者,并于 1905 年成立了以推翻清朝统治为目标的革命组织——中国同盟会。

正当李萁为命运所迫、浪迹天涯苦寻出路的时候,1907 年春,香港同盟会会员李是男奉命在旧金山成立少年学社,李萁加入其中,并为此写了四首七律言志诗。他在其中一首诗中写道:"自由只产共和国,豪杰终归革命军。"可以看出,李萁深受邹容《革命军》一书思想的影响,立下了推翻清朝统治,建立民主共和、改变中国命运的志向。

1910年初，孙中山为了筹款来到旧金山，把少年学社改组为旧金山同盟会。自此，李萁与孙中山从相识到相知，他的思想发生了很大的变化。遭遇家仇国难的李萁，在"三民主义"的旗帜下，走上了"救人民于水火、揽大厦于将倾"的民主革命道路，终生成为孙中山的忠实追随者。

1911年春，李萁受命从香港去菲律宾成立同盟会，并创办了《公理报》。广州黄花岗起义前，李萁闻讯从菲律宾赶到了广州，参与了起义的准备。他与李海云等得到黄兴同意后，准备攻打海军，后因起义日期变动，计划没能实施。

黄花岗起义失败后，李萁被推举为创办于1900年的香港《中国日报》经理，与鼓吹君主立宪的保皇党的《商报》展开论战，宣传革命主张。在此期间，他与报纸的主笔朱执信建立了深厚的革命友谊。

1911年11月13日，阳江的革命党人谭宝桓等举行起义被镇压。李萁受命回阳江再组织起义。回到阳江后，李萁便联系绿林军，与清廷巡防营展开交战。由于清廷势众，加上绿林军纪律涣散，阵脚大乱。广东军政府派来3000名警卫军，恢复了阳江的秩序。不久，李萁去了南京。

1912年中华民国临时参议院成立后，无心官场的李萁与几位商人集资在南京创办了"江南福群实业有限公司"。他乐见发展农业对振兴国家的作用，远赴美国购回了灌溉、耕种、运输等先进农机器具，在南京的大胜关购置荒地1000多亩，开辟为种植场。由于经营模式先进、靠近大上海，产品销路大，种植场获得了很大成功。才过半年，李萁又在苏皖交界处购得荒地万余亩，准备开辟第二个农场。看来，如果不是乱世，李萁或许会成为一位出色的企业家。

正当李萁全心投入农场准备扩大规模时，1913年春，宋教仁惨案发生了。以孙中山为首的革命党人奋起讨伐袁世凯，发动了二次革命，但很快就失败了。李萁也被捕入狱，后经旅居美国的华侨各团体致电美国领事馆，将他保释出狱，才免于一死。

袁世凯倒行逆施复辟帝制，让李萁感到非常愤怒，他到香港与朱执信一起继续筹划讨袁事宜，再行革命。1914年下半年，孙中山派邓铿回广东主持讨伐袁世凯的爪牙龙济光。邓铿与朱执信、李萁等准备分几路起义，李萁负责"两阳"一路。

10月下旬，各路起义均以失败告终。随后，李萁前往东京谒见孙中山，孙中山命其前往菲律宾筹款。在菲律宾筹款期间，李萁创办了《民号报》，介绍国内形势，揭露袁世凯的阴谋和暴行。1915年初，李萁被孙中山委任为广东游击队司令。同年4月，李萁从菲律宾回国，意欲配合在广州主持粤省军事的朱卓文，再率旧部占领阳江，后因朱部谋划泄露而搁浅。李萁便继续筹款奔走各地召集人马，奔波于阳春、澳门、新宁（台山）等地策划起义，但因生活艰苦，劳瘁万分，不幸沾染瘴气，无药调治；又因随行队员携带炸弹不慎坠地爆炸，伤及多处，终因伤病益重，于11月逝世。

从近年新发现的史料看，李萁的牺牲，用"痛定思痛，痛何如哉"来形容绝不为过。一直在李萁身边的战友雷樾庸函电古应芬的文稿，详细记述了李萁伤病离世的经过。古应芬是国民党的元老，曾担任孙中山大元帅府秘书长，其后人在整理其遗留书信时，发现了这篇文稿，收载于2010年11月由广州出版社出版的《古应芬家藏未刊函电文稿辑释》一书。因受篇幅的限制，这里只能辑录李萁受伤后最后两天的经历："十三，伏匿一日。薄暮，又相率下山，诣陡门黄麠坳之小村觅食。食毕欲留，该村坚拒——恐敌兵知，有大不利于彼也。先生自受伤后，不食者已两日矣。欲飨糖水而不得，别取莲藕煎水饮之。时同志数人为先生雇船，觅得曾五，谓有疯人之船允任其事。追攀先生至滨海，而船不知去向。攀回原处，而众等亦尽散。不得已乃攀先生至大龙村后紫罗山麓石穴内。过了一夜，至十四日（即九月初六），亭午十二点钟，先生忽握黄汉杰手，欲言不能，仅以手作杀贼状，遂一怒而气绝。"

接着，雷樾庸补述道："先生尝语樾庸曰，我辈游戏革命者也。又曰，天下事不限定谁做，欲做则做矣，至范围之大小，恒与心之所期者相准。或尼以此次之时机未至，则怃然曰：时机由人造也，我待时机，人待时机，究竟谁是先发难者？我计决矣。其自任之勇锐有如此者。或又訾其太冒险，则语樾庸曰：我视炸弹等物，如小孩之食饧酥。岂此言竟成语谶耶？特是先生虽死，而先生之志不死，后死者其何以慰先生之灵哉？"

从雷樾庸文稿记载的细节可看出，当时现实环境是极其险恶的，可谓九死一生。李萁等革命志士为了建立共和，累败累起，坚忍不拔，勇为先驱。李萁之赴死，有文天祥舍生取义之气概，让人肃然起敬。

李萁殉国后，被就近埋葬。如今，在台山北陡镇寨门圩娘妈山南麓，杂草丛生处，仍耸立着一座由混凝土砌成的8米高左右的纪念碑。该碑就是由朱执信起草碑文的"李祺礽君纪念之碑"。纪念碑已越百年，依然笔直挺拔，291字的碑文，字字珠玑，记载着李萁荡气回肠的英雄史迹。

1917年4月13日，经过中华民国政府批准，李萁骸骨被迁回阳江城东门外东山寺旁边安葬，孙中山题写墓碑"李祺礽君之墓"，时任国民政府代主席的林森书写墓门横额"李萁烈士之墓"，朱执信再写碑文。1966年，因扩建公路而墓毁碑泯，甚为可惜。1987年，政协阳江县委员会于台山寻获烈士的葬墓，择鸳鸯湖畔建李萁烈士纪念碑亭，复制孙中山手迹为碑刻，并附墓志于背后以彰先烈。

今天，我们已经进入了新时代，英雄虽然远去，但一个多世纪以前，以孙中山、黄兴等为代表的民主革命先行者为建立民主共和国而百折不挠、舍己忘身的精神仍然弥足珍贵。因为李萁，阳江与波澜壮阔的辛亥革命紧密联系在一起，漠阳儿女在中国历史上也书写了浓墨重彩的一笔，李萁的名字，阳江人已经耳熟能详。建设富美阳江，提升城市历史文化的软实力是应有之举。一座城市，也只有融入了历史因子和文化元素才显得生动和有内涵。

李萁烈士纪念碑亭修缮一新，碑亭四周花木葱郁，环境清雅。纪念碑亭柱子上刻的那副对联——"革命先驱热血横飞摧帝制，光辉典范丰碑屹立慰忠魂"显得格外夺目，这不仅是对李萁一生的高度褒奖，也是对后人的一种激励。

（原载2017年12月29日《阳江日报》）

拓必拓的"秘史"

"拓"在《新华字典》里的释文是"开辟","必"是"必须"之意。也许,周鸿锋当初给企业取名为"拓必拓"的时候,就意味着要带领员工不断地开辟创新。

近日,阳江五金刀剪业传来喜讯:在近期于德国慕尼黑举行的"iF设计之夜颁奖典礼"上,阳江本土企业——广东拓必拓科技股份有限公司(以下简称"拓必拓")国际户外刀产品Tangram(七巧板)包装盒喜获2017年度iF金奖。拓必拓捧回享有产品设计界的"奥斯卡奖"美誉的这一桂冠,意味着中国五金刀剪包装设计水平得到国际认可,这将为产品拓展国际市场增添新的重量级砝码。

媒体人的敏感,驱使笔者驱车前往阳东万象工业园,找到了落户园区的拓必拓董事长兼总经理周鸿锋先生,探寻他从零开始干实业、以创新思维"弄潮"五金刀剪行业的奋斗故事。

站在我面前的周鸿锋,是名70后,个子一米七八,英俊的脸庞,双目炯炯有神。打开话匣子,笔者方知他来自黑龙江省鸡西市,22岁就出外闯荡,在广东工作生活已有20余载,其中在阳江创办实体企业近9年。从经销阳江刀剪,到在阳江投资建厂,周鸿锋与阳江结下了深厚的情缘。

提到阳江,五金刀剪是国内外人士心中数一数二的代表性标签。不论生产量或是出口量,均占全国总量的八成左右;"中国菜刀中心""中国剪刀中心""中国小刀中心"等13个国字号美誉,奠定行业的领先地位;全市290多万人口,有20多万人从事五金刀剪相关行当;为做好一把刀,不少家族几代人穷极毕生不懈追求……这座城市鲜明的"工匠"气质,引来了寻求实体产业作为创业目标的周鸿锋。

"2009年,公司一切由零开始,2015年销售额3700万元,2016年5400万元,2017年破了1个亿,靠的是创新不停步!"

回顾企业的快速发展,周鸿锋感慨万端。从1997年采购阳江刀具起,周鸿锋日益认识到这个由传统家庭作坊发展起来的产业的"瓶颈"——原材料质量不高,企业创新动力不足,高端优秀人才匮乏,生产设备和工艺落后,产品粗放、低端……围绕五金刀剪,阳江形成了一个个熟人圈、一个个家族式企业,上下游产业链分工协作、环环相扣。

五金刀剪被誉为阳江传统产品的"三宝"之一,另"两宝"是阳江漆器和豆豉。阳江地处粤西,紧邻珠三角。这里依山面海,山清水秀,物产丰饶,民风淳朴。相对封闭的地缘,使得中原文化流传下来的文脉得以保存,注重血缘关系。历史上,这里是"海上丝路"重要补给点,今天的刀剪产品几乎卖遍全球,但人们的生活节奏并不快,安逸于"小富即满",讲究吃好穿好住好玩好,悠然自得地生活,是中国十大最具幸福感的城市之一。对外地人来讲,要想完全融入其中,可谓挑战重重。但这位来自东北平原黑土地的小伙子知道,最原始的生态环境,往往蕴藏着巨大的财富。他私下跟朋友说,五金刀剪产业是"服务千家万户"的刚性需求行业,阳江标准即为许多产品的国家标准,其前景广阔,商机无限。

说干就干!周鸿锋张开了想象的翅膀,努力对企业进行顶层设计,以建立产权清晰、权责明确、管理科学的现代企业制度为方向,以人才、科技、资本为核心要素,开始了他的刀剪"王国"筑梦之旅。

周鸿锋排兵布阵，秉承"轻资产、重管理、重研发"的理念，在工业园租用占地1万多平方米的厂房，而不是一次性大额购地，这使得公司开展生产、研发、营销等"更重要的事情"拥有更多流动性资金。稳健的资金链推动产品生产、研发、销售实现良性循环。通过减少周转时间、优化工艺流程，拓必拓不大的厂房内构建了完整的模块化生产流水线，带动生产效率提高50%。

在一起共事四年的助理陈章效眼中，周鸿锋具有独特的市场营销触觉和敏锐的洞察力，经营格局和战略思维超前。"他善于不断学习现代管理理念，加上自身独特见解分析，形成了拓必拓的企业文化、匠心精神和精益求精的追求。"陈章效说。

从"随大流"做代工贴牌，到公司具备一定产品质量与设计水平，再到培育全新自主品牌，周鸿锋带领团队攻坚克难，缔造出公司两大核心自主品牌：国际高端户外刀品牌"KIZER"和"拓"牌厨刀。他的一大诀窍是：让企业成为员工知识和技能转化的平台。

周鸿锋坚信，人才是企业的第一资源。拓必拓目前有380多名员工，其中200多名一线工人平均月薪5500元，负责水磨、焊接的技术师傅月薪高至八九千元，所有管理、营销、设计、研发等核心团队成员都可以在企业的发展中"分得一杯羹"，将知识变现。"员工在拓必拓上班，不是在简单打工，而是在搞合作研发，我们是一个'刀匠部落'。"周鸿锋自豪地说。2017年5月至今，拓必拓通过互联网签订合作协议的全球设计师已从40多位增至150多位。正是得益于这种人才库的建立与不断孵化，拓必拓一举摘取世界级工业产品设计评选最高奖项iF金奖。

在强手云集的世界舞台上，iF设计金奖的获奖概率几近百里挑一。2017年，共有全球来自超过54个国家和地区的6400多件产品参与评选，最终仅75件产品荣获iF金奖，其中就包括拓必拓旗下产品Tangram。拓必拓也是中国刀剪行业中唯一获得这一大奖的企业。

"2017年，拓必拓推出了入门级别创意型户外刀产品Tangram，并与国内签约设计师于光合作设计产品包装。我们从中国传统文化精致与和合的意蕴中获得灵感，设计出了线条和立体美感极佳的包装产品。"周鸿锋告诉笔者，Tangram寓意为蕴含中国传统文化、变化多样的智慧七巧板。

当笔者看到Tangram的原创包装时，感受到了独特的创意和鲜明的环保特色。像纸箱一般的多层纸质材料折叠，加上两个线扣，便成了手中厚实的长方形"信封"。产品主设计师之一、拓必拓户外刀项目负责人梁启帆介绍："它具有创新、环保、节能等特点，利用环保再生牛卡纸多层折叠，包装盒主体部分一体成型，完全免用胶水或其他黏合物。封口处采用线扣方式，既能重复开封，也给用户一种'拆礼物'的体验，尽显简约但不简单的设计创意。"

如果说iF设计金奖是一份"礼物"，那它是对努力的馈赠。每天，周鸿锋脑子里都在构思完善一幅蓝图：建立现代企业制度，借助工业大数据细分需求，寻求更加模块化、自动化、信息化的智能生产模式，引领同行一起做大做强……拓必拓人的思想和行动，为阳江五金刀剪行业转型升级提供了新视角。

身处充斥低价竞争、代工贴牌的传统制造行业，拓必拓执着研发，舍得投入，为打造五金刀剪自主品牌、提高产品附加值而不懈创新。拓必拓产品在国内国外的市场销售都很火爆，远销全球 30 多个国家，处于供不应求的状态。

作为阳江 15 家五金刀剪高新技术企业之一，拓必拓是一颗冉冉上升的耀眼新星。投资建厂短短几年，就已开发了一系列高技术产品。目前，公司拥有授权专利共 123 项。"拓必拓坚持以生产制造、品牌研发、销售运营三条腿走路。我们认为，产品想要有更高的附加值，就要减少中间环节，离消费者更近。"周鸿锋说。2017 年，拓必拓广泛参与国内外展销活动，从国内广交会、上海百货展、深圳礼品展到欧美各类展会，都坚持参与做品牌营销，光参展费就花了 300 多万元。

技术含量不高、研发常遇瓶颈，是阳江五金刀剪企业面临的"老大难"课题，拓必拓亦不例外。2016 年，拓必拓"牵手"武汉理工大学共同研发，教授团队走进工厂车间，"接地气"的研发模式帮助企业解决了许多实际问题。

周鸿锋认为，阳江是全国刀剪产业集中度最高的城市，亟须抓住时代的脉搏，探索个性化、差异化的商业模式。"这条产业链条上汇聚了制造商、渠道商、供应商、品牌商、终端商、消费者等多元角色，但行业内的商品、产品、半成品、原料及辅料环节均存在极大的信息不对称问题，资源配置难以优化。阳江刀剪企业需要借助互联网思维、工业大数据应用等，破解困局。"

2016 年 11 月，拓必拓在全国中小企业股份转让系统（也称"新三板"）挂牌，成为阳江第一个"吃螃蟹"、挂牌新三板的五金刀剪企业。周鸿锋表示，挂牌新三板付出一定成本，但也为公司带来许多好处，最重要的是搭建了平台，未来公司融人才、融科技、融资金都有很好的渠道。

"只要我们坚持创新，打造闭环式的商业生态圈，阳江的五金刀剪制造业一定会迎来 4.0 时代。"这位年轻的创业者，吐露了自己的梦想。他希望，下一步将拓必拓做成平台型企业，助力阳江五金刀剪产业运用互联网思维实现弯道超车，为消费者设计生产出世界一流水平的高质量产品，让这个产业给人们生活带来便利和幸福，为民族品牌添光彩。

一枝独秀不是春，百花齐放春满园。周鸿锋走出传统认知的思维，正与阳江五金刀剪上下游产业链的企业开展友好务实合作，一批新的示范企业，必将引领阳江五金刀剪产业实现凤凰涅槃，走向新的辉煌。

（原载2018年4月2日《阳江日报》）

匠心木魂

仲夏时节，山青水碧，天高云淡。

阳东区北惯镇万象工业园一角，广东木森日用品有限公司三期新厂区，在蓝天白云下格外耀眼，充满生气。

在典雅的会客厅，笔者与创业者黄运昭、黄思华父子深入交流，探寻其从竞争激烈的市场环境中走出创新发展之路的历程，揭示其厚植创业团队的匠心木魂。

黄氏家庭可谓满门书香。作为公司董事长的父亲黄运昭，是20世纪70年代初远近出名的高中尖子生；黄运昭的两个儿子黄思华、黄思侨，都毕业于中山大学。

提到当初独辟蹊径、创办实业的想法，公司总经理黄思华表示，阳江外贸行业一向比较发达，但大多是五金刀剪业。看到我国改革开放后商品市场前景越来越广阔，黄思华决定放弃多数人羡慕的"铁饭碗"，"下海"创办实业。"遇上这么好的机遇，怎么能甘心守着一份工资过安逸日子，白白辜负了这个时代？我决意经商办实业，搏一搏！"提起当初的选择，黄思华至今还有些激动。

俗话说，女怕嫁错郎，男怕入错行。主意定下来了，选择什么行业创业？有朋友建议选择阳江占全国出口八成以上的刀剪产业。黄思华反复比较各种信息后发现，低碳环保的竹木餐饮产品商机很大。"当时阳江刀剪外贸出口企业已非常多。我想另辟蹊径，做有自己风格的东西。"黄思华回忆说。

于是，黄思华离开父亲，独自去外地创业。然而，事情并没有想象中那么顺利。创业之初的两年，黄思华亏了200多万元。

在亲友的劝说下，2005年，他回到家乡阳江，与父亲黄运昭在阳东合山镇共同创办了木森公司。

黄运昭通过互联网了解和出国考察，深深感受到，环保理念越来越深入人心，在倡导绿色环保生活的一些国家，作为可再生资源的竹类和木类用品市场前景广阔。大儿子黄思华当初选择竹木产品作为产业开发方向并没有错，问题是要精准对接欧美消费者对家居用品的需求，造出价廉物美的产品。思路理清后，这对父子兵全身心扑在了事业上。

经过一段时间的艰苦努力，他们研发出一系列精美产品。2006年的广交会上，木森公司首次展示竹类餐厨制品和家居用品。这些产品采用纯天然环保材料，做工精致、造型新奇，受到客商的追捧。

2010年，黄思侨辞去高薪工作，加入父亲和大哥的创业团队，给木森公司注入了新的力量。黄思侨提出新的发展思路：公司须由原来家族式的传统经营模式向现代企业管理模式转变，建立起现代企业管理体系，重点拓展高端市场，依靠创意产品抢占国外市场的同时，应全力开拓国内市场。"随着我国化解发展不平衡不充分问题的逐步推进，民众对需求的自由意愿和品质追求，将刺激竹木制品的国内需求。"黄思侨对国内市场充满信心。

注重研发，突破核心技术才能一枝独秀。在生产经营中，木森公司管理团队意识到，产品研发及技术创新是企业的核心竞争力。为了避免经营受市场需求跌宕起伏的影响，公司建立了客户数据分析库，协调与客户的关系，将产品研发能力重点融入营销体系，实现市场需求与产品研发的无缝对接，快速占领终端市场。

黄运昭介绍，木森公司每年投入的创新研发经费达2000万元，主要用于产品创新和技术研发。除了黄氏父子亲力亲为带头研发，公司还聘请了50多名产品设计及开发人员，每年新开发的产品达1000多种。

"目前我们研发出来的竹子结合硅胶的产品市场反响良好，深受国外客户欢迎。硅胶鲜艳多彩的颜色增加了产品的层级感，而竹子又可以保持产品的天然材质感。公司研发成功的竹子结合硅胶的压铸技术，进一步提升了产品的质量和档次，这一核心技术在国内属于首创，已获得国家发明专利。"黄运昭说，公司目前拥有国家发明专利1项、实用新型专利4项、外观设计专利15项。

除了注重产品外观和实用性的研发创新，木森公司还不断提升自动化智能化水平。公司成立之初，因属于冷门行业，许多机械都是买回来后，再根据自己产品的特点进行改造。黄思侨说，目前公司已与相关机构合作研发机械人，希望在未来五年内建立自动化生产线。

"文化是企业发展的根本，让工人有一个温暖的家，是木森公司企业文化的核心。"黄运昭说。"八千万人民币工资大家大利；七千万美金产值爱拼就会赢。"这副"霸气侧漏"的对联，出自黄运昭之手，体现了公司十分注重1700多名员工的福利。木森公司建立了员工工资增长与企业成长"同频共长"机制，坚持企业发展必须让员工获得最大实惠。"不拖延发工资一分钟，不剥削员工一分钱。""通过努力让员工实现有房有车有工作的幸福生活。"这样充满激情的标语，在木森公司随处可见。笔者到车间采访员工时，只见员工都亲切地叫黄运昭董事长"昭叔"，老板和员工团结和睦、关系融洽，俨然生活中的老友。

木森公司创立之初，工人月平均工资大约为600元，而现在上调至6000元左右，上涨了10倍。面对日趋高涨的劳动力成本，珠三角不少制造企业纷纷将制造基地转移到成本更低的中西部或者东南亚等地。对此，黄思侨认为，尽管东南亚等地成本更低，但人员管理比较困难，工人产出值可能还不如本土员工，要破解这一困局，重点在于提升工人的产出效益。他总结说，木森公司选择的是一条科技创新、现代金融、人力资源协同发展，就地有序转型升级的新路子。

品质至上，才能传承文化引领企业发展。要支撑企业实现可持续发展，除了资金、经营和技术等力量，还需要深厚的勇于创新的文化软实力。"以前，我们是跟风设计产品。如今，我们根据未来产品的成长路径来设计生产梯队产品。"黄思华道出了木森公司逆势上行的经验，即从最初的单纯卖产品，到如今的卖创意。

"我们现在的主要竞争对手，是欧美国家的企业，他们具有现代的产品设计及技术优势。但是他们的弱势在于文化厚度不够，所以我们通过提升产品的文化理念和品质，特别是依靠中华传统文化深厚的内涵，把文化创意打造出来，充分利用强大的产能优势抢占市场。"黄思华说。

黄思华的自信，源自对五千年源远流长的中国文化的感悟。"宁可食无肉，不可居无竹。"在中国传统文化中，竹一直是节操高尚、清雅脱俗的象征。"山有木兮木有枝。"木与人们相伴成长，体现人与自然和谐共存的传统理念。竹木制品承载着中国传统文化的基因，有独特而又丰富的文化内涵。比如，木森公司传承了中华文化整体和合的意韵，将文化内核与时尚气息完美结合，设计的"沙拉碗"系列品牌，呈现中国传统文化的协调美感，强烈吸引欧美消费者关注中国传统文化。今天，木森公司是快速成长的餐厨用品制造企业，"树上"（Treetop）系列木制餐厨用品成为市场"新宠"。

为了促进企业健康可持续发展，寻找新的市场增长点，木森公司2017年重点投资1.5亿元建设真空保温杯项目。目前，6条生产线日产6万只"魅果"（Vigo）品牌优质保温杯，保温杯项目将成为企业战略发展的重要增长点。

"从过去10多年的发展来看，整个竹木餐厨行业在迅速发展，我们出口额由当初的100万美元到现在的7500万美元，可以说是一个飞跃。预计未来这个行业仍将保持高速增长。"黄思侨说，目前木森公司的主要销售市场在欧美，其中70%是美国市场，20%欧洲市场，10%其他地区市场。

黄氏父子介绍，2017年，木森公司总产值5.1亿多元，同比增长63.8%，而木森三期新厂将于下月中旬投产，预计2018年全年出口总额可达6亿元。木森公司正成为粤东西北外贸出口企业中一匹疾驰的"黑马"。

（原载2018年6月25日《阳江日报》）

羊城拜访岭南画派大师陈金章

2019年春节前夕的一个下午,我们怀着无比尊敬的心情,来到广东的艺术殿堂——广州美术学院。此行目的是拜访岭南画派大师、著名山水画家陈金章先生。

出发采访之前,笔者专门上网查阅资料:陈金章是岭南画派大师,广州美术学院教授、硕士研究生导师。曾任广州美院中国画系副主任,岭南画派纪念馆副馆长,广东省美术家协会理事,中国美术家协会会员。1989年荣获"全国优秀教师"称号,享受国务院政府特殊津贴。2015年荣获第二届"广东文艺终身成就奖"荣誉。

陈金章尤为擅长中国山水画,对传统笔墨得心应手的运用,并巧妙地吸收西洋绘画某些优点融会在个人创作中,使画面既有现实感,而又极有时代气息。其出版有《中国当代名画家·陈金章》《陈金章山水画集》《陈金章画选》《陈金章山水画稿》《山河颂·陈金章作品集》等。

驱车前往广州美术学院,临近春节的羊城,处处张灯结彩,车水马龙,热闹非常。

充当我们向导的是阳江籍国画家陈碧山和他的夫人芳姨。陈碧山是陈金章先生的学生,两家交往密切。我们来到校园里一栋旧宿舍楼下,楼不高,却很安静,与外面大街的喧闹形成鲜明的对比。按照两天前的预约,我们下午3时在陈金章先生的家相见。到了目的地,陈碧山说,陈金章先生就住在楼上。他让我们在楼下等候,他和芳姨先上去通报。20分钟后,陈碧山通知我们上九楼,陈金章先生要在画室接见我们。

芳姨下楼打开铁门，带我们上楼。旧楼里有电梯，到了九楼，经过一小段走廊时，芳姨指着一间房子说，这就是陈老的家，他的画室在顶层的天棚上。陈老的家旁边有个楼梯间，爬上去就是他的画室。画室前面有个小花园，种着一些盆景。我们进入画室，陈老站起来与我们一一握手。陈老满头银发，和蔼慈祥，热情地招呼我们。画室目测 20 多平方米，案头上有不少旧书籍，随意堆放着。笔架上的笔也像这座房子一样老旧，每支笔杆都因被主人多年持来创作握出了光泽。靠墙立着一张木头沙发，是 20 世纪 70 年代的老款式。画案和画墙也是老旧的，上面有星星点点的墨迹，不经意间透出古色古香味道。画墙上，有一幅还没完成创作的山水长卷画。我们刚落座，陈老高兴地说："你们来得真巧，我新出版的作品集上午才刚刚拉回来。"他拿出两本，让我们一睹为快。

这本《山河颂·陈金章作品集》由岭南美术出版社出版，精美厚重，收集陈老各个时期的作品共 96 幅。书中收入了中央美术学院教授、中国美术家协会常务理事邵大箴的文章《岭南派山水画的新高度——陈金章的艺术创作》，文章说："他（陈金章）的山水画既保存了来自大自然的勃勃生机，又有善于用笔墨规范表现个性的高超技巧。他的画在深沉中有飘逸感，在细致、厚实中有诗意、乐韵，这位艺术家用对祖国山河的一片真诚和厚重之情，用自己纯真的心灵和精湛的技巧，深深地感动着我们。"我们捧着这本厚实的作品集，对陈老这位年已九旬的艺术家表示深深的钦佩。

我们向陈老说明了来意：一是想对他进行采访，了解他与阳江的情缘；二是阳江书画创作的氛围浓厚，如何繁荣发展书画艺术，请他提提宝贵意见。

在弥漫着墨香的画室里，品着热茶，陈老将自己的人生和从艺经历娓娓道来。

1929年，陈金章出生于广东化州杨梅笔亨村的一个书香家庭，祖父和父亲都是当地的文人。他五六岁上私塾，便对画画感兴趣。1947年夏天，陈金章读完了高中，父亲要他继续到广州读书。他考进了广州市立艺术专科学校，学的是国画专科，并有幸成为校长高剑父先生的学生。陈老感慨地说，他很幸运，在起步时就遇到岭南画派创始人高剑父先生这位恩师。他当时学习很用功，打下了坚实的绘画基础。广州解放前夕，高剑父先生举家迁到澳门，从此师徒再也没有相见，陈金章至今引为憾事。

1948年至1949年间，高剑父的学生黎雄才、关山月先后从大西北写生归来，回到广州市立艺术专科学校任教，成为国画专科班的老师。这个时候，陈金章学业还未完成，又成了黎雄才、关山月的学生。陈老回忆说："我跟随高剑父、关山月、黎雄才三位恩师多年，从创作思想到为人处世，都深受他们的影响。关山月和黎雄才先生强调要先做人，后做事。要人品好，才能画品好。"

几年后，陈金章毕业留校任教。当时，关山月想留他在身边，但黎雄才先提出要留他，关山月只好让步。陈老说，他很感激关山月、黎雄才两位恩师，尤其是关山月先生。1993年，陈金章在岭南画派纪念馆举办个人写生作品展，关山月先生看完画展后很激动，当晚就写了一篇文章《源与流——从陈金章山水写生展想起》，肯定他重视写生、重视生活体验的做法，文章在《羊城晚报》发表。在文章中，关山月先生对他的评价很高："生活是源，传统是流，这是中国画教学的基础。陈金章在教学中身体力行地抓住了这两个基础，做出了可喜的成绩……我应该感谢陈金章在教学上取得的成果，使我有机会在他的果实里得到了分享。"

陈老说，遇到了恩师关山月先生后，他从此对恩师的家乡阳江格外关注。阳江和化州相距不远，同属粤西地区。在读书时，他曾跟随关山月先生到阳江的闸坡、东平、沙扒的海边写生。留校当了教师后，他带过学生到阳江写生。他也多次到阳江搞创作，还专程到关山月先生的故乡埠场镇果园村画画。阳江的山海景色和风土人情，都给他留下了深刻而美好的回忆。

阳江是文化之乡，书画艺术氛围浓厚，我们向陈老问及对阳江发展艺术有什么建议时，他谦逊地说，阳江的书画艺术有传统，人才辈出，他不便过多评价。但是，作为一门艺术，不能停留在一个水平上，要不断探索，不断提高，才能达到新高度，不断取得新成绩。在绘画方面，陈老谈了自己的心得。他认为，画家一定要深入生活，只有把身子埋进真实的生活中，才能摸索到艺术的真谛。我国幅员辽阔，南北差异大，地理地貌极不相同，名山大川多，如黄山、泰山、长江、黄河等。关山月先生长期坚持深入生活，勤奋创作，是我们学习的榜样。不深入生活，难以画出好作品。只有走出去，深入祖国的名山大川，才会知道祖国是什么样的，才会做到心中有数，下笔有神。

我们向陈老汇报了去年阳江日报社成立半亩书画院的情况，旨在为市民和书画爱好者提供一个书画艺术创作、对外文化交流、展览展示的文化平台。陈老对此表示赞许，他说，广东正在建设文化强省，各地各部门都有责任为此添砖加瓦。对媒体来说，办书画院是一个很好的尝试，能活跃当地的书画艺术氛围，有助于提高书画创作水平。我们请陈老为书画院题字，他欣然答应，还谦虚地说："我的字写得不好。"他起身利索地走到画桌前，找来宣纸，用毛笔题写"半亩书画院"几个大字，并落款盖章，一丝不苟。陈老题写的字刚劲有力，气韵生动，我们禁不住鼓起掌来。从字里行间，我们感受到陈老对阳江浓浓的情缘。

当前，阳江正在创建全国文明城市，也在大力建设海丝文化名城。采访结束之际，我们邀请陈老到阳江参观指导，他爽朗地说，有空一定到阳江走走。陈老这种随和的性情，更让我们深感敬佩。

（原载2019年2月15日《阳江日报》）

你若盛开 蝴蝶自来

　　李炜教授离开我们已逾半年，中山大学中文系的师生准备出追思集，要我也写一篇文章。我只能如实地追忆交往中对李炜的印象和感受。

　　说起与李炜的接触，还得从黄伯荣教授说起。黄教授是从阳江走出去的语言学大家，他从高校教学一线退居家乡后，我多次慕名登门拜访请教。2009年秋天一个星期六的下午，我到访黄教授家，黄夫人梁阿姨告诉我，老教授正在三女儿黄绮仙（我叫她仙姐）的协助下，与中大的老师就中大版《现代汉语》的编写在网上进行交流。我便在一楼的小客厅边浏览书籍边等待。大约过了两个半钟头，黄教授从二楼的书房走下来，对我的久等，先表示歉意，然后滔滔不绝地介绍这本教材编写的新理念和工作进度，并且说起了他的得意门生李炜是如何内外兼修，德艺双馨，专业了得。这是我第一次听到有关李炜的介绍。换句话说，在我见到李炜之前，已于他的导师口中知道他的大概，他是黄教授早期带的弟子，和黄教授亲如父子，是一位经历丰富、活泼可爱的老牌大学生！

　　在往后的日子里，在与黄家的交往中，我进一步了解了李炜的情况。李炜祖籍山东，出生于兰州。1982年从西北师范学院中文系毕业，以优异的成绩考入兰州大学，成为当年黄伯荣教授门下唯一的研究生。自此，两人开始了长达30多年亦师亦友的交往。在黄教授的眼里，李炜是一位聪明睿智、多才多艺的乖乖仔；在李炜的眼里，黄教授是老师，更是父亲。他俩共同研究和探讨语言学的相关问题，还一起著书立说。因为长期的密切往来，李炜与黄教授一家感情笃厚。李炜当黄绮仙如自己的亲姐姐般，管她叫"三姐"。

没想到的是，我与李炜首次接触，竟是为筹备黄教授的追悼会。2013年5月12日，黄教授离开了我们。当时我在市委副秘书长、市委政策研究室主任的岗位上，便主动帮助协调追悼会的相关事宜。中大中文系对黄教授的追悼会很重视，从规格、参加追悼会的人数等与当地政府进行了认真的磋商。按当时我们市里的惯例，拟参加追悼会的是协调教育文化线的市政府副秘书长。李炜那时是中大中文系的主任，他认为黄教授在全国的影响力不小，桃李满天下，建议市里最好能有一位市领导参加，引导大家重视文化教育工作。李炜直接将意见告诉了我。

经协调，黄教授的追悼会如期在阳江殡仪馆举行，市委市政府敬送了花圈，一位副市长参加了送别仪式，自发到场给黄教授送行的各界人士和群众过千人。中大中文系也来了一大波人，李炜主持了送别仪式。他代表中大中文系，客观地评价了黄教授不平凡的一生。那一天，在公众面前，他似乎很克制，但我们都看得出他内心很悲伤。在与李炜的交谈中，我发现他眼睛通红、一脸憔悴。我俩虽然是首次谋面，但是一见如故，相谈甚深。李炜就我对文化人和文化界做的一点点工作，给予很多肯定和鼓励。此后，李炜百忙中多次赴阳江陪伴师母，安慰黄教授的家人，我近距离感受到李炜是一位至情至性、守恩报果的汉子，并进一步了解了更多李炜诲人不倦、勤育桃李的故事。

我对李炜有更深入的直接了解，是在抢救出版黄教授遗著《广东阳江方言研究》一书的过程中。黄教授健在的时候，我曾经翻阅过他研究本地方言多年积累起来的手稿，知道这是一大包"宝贝"——大小不一的纸片，很多已经发黄、字迹不清。黄教授去世后不久，仙姐向我提及，想完成她父亲编写家乡方言著作这一心愿，只是我当时文稿的起草任务繁重，有心而无力相助。

2015年5月，我到报社任职，知道仙姐已经开始了繁重的整理工作。其时，学界希望借助黄教授这次遗著的整理，编辑出版一本相对齐全的阳江方言研究权威书籍。我将大家的意见反馈给了仙姐和李炜，得到了积极的回应。于是，我应他俩的要求，召集报社的班子召开了一个专题会议，集中研究解决这本书编辑出版需要解决的人财物问题，我们正式成立了一个五人小组，全力配合仙姐查漏补缺、整理遗著。

在如何对内容进行定位分类和对待黄教授的原稿与我们后来收入的语音、词汇、语法、熟语与儿歌等内容上，大家产生了分歧，专门讨论了三次，也未达成共识。最后，还是李炜运用他的专业素养说服了大家，他认为，这本遗著必须要原汁原味，不能走样，后人的补充要以不同的字体（或其他办法）与原作区分开来，并在凡例中加以说明。他说这样做是实事求是，便于后人了解黄教授对阳江方言研究的真实贡献和修改再版时应注意解决的问题。

其实，李炜一直是指导《广东阳江方言研究》编辑出版工作的"影子专家"，每逢碰到难题，他都不厌其烦地与大家沟通，协商解决，没有半点专家的"大牌"，他的这种亲和力与感召力，让我和同事们心悦诚服。2018年10月23日下午，《广东阳江方言研究》首发式在阳江日报社举行，李炜带着吴吉煌、邵明园、刘亚男等一班同事和学生乘高铁赶往阳江。我们报社办公室的同志通过仙姐与李炜沟通，希望他的团队留在阳江吃晚饭并住上一晚，李炜说，自己已经不是系里的负责人，不宜出具公函，吃饭问题就在高铁上由他本人负责。这就是生活中的李炜，碰到事情绝对不肯麻烦别人。

在首发式座谈会上，中大中文系的好几位师生都做了专业而精彩的发言，气氛热烈，与会者很受鼓舞和感染。李炜的发言更动情，那一番永远珍藏在我们报社数据库的语音，至今仍发人深省："文化自信，先从母语自信、方言自信做起。多元的文化才是世界文化的一个理想的样态，一个地方最重要的文化承载是地方语言，它是文化的活化石，是认识世界的一个窗口。语言是一个族群的根脉，方言消失，就意味着这个地方的文化断了。中华文明之所以能世世代代传承，方言在其中发挥了重要作用。传承好方言文化遗存，传承文化、发展文化才不是一句空话。"

在互动交流中，我向李炜介绍了阳江日报社近年致力于抢救整理地方文化遗存的一些做法，诸如协助中大历史系挖掘戴裔煊教授在家乡的事迹、建立"半亩书画院"收藏阳江籍书画名家作品、开设"漠阳传媒大讲堂"大讲特讲传统优秀文化、拍摄《百年阳江》系列微纪录片宣传推介阳江等。李炜听后很高兴，对报社的做法大加赞赏。那一天，李炜把话题拉得很开，从方言的保护到文化自信的维系，娓娓道来，雄辩而精准。他认为，中华文化强调把国家利益、集体主义放在个人利益之上，所以中华文明能够"大一统"，能够源远流长，然而得失往往是平衡的，各种创意产业至关重要的个性化的东西受到的鼓励就相对少了，文化的创新需要想象力的充分释放，需要社会的极大包容性和契合人千差万别的思维。我们的当务之急是要坚定不移推进国家文化治理体系和治理能力现代化，革新不合时宜的规制，推动新时代文化大发展大繁荣，向人类贡献中华民族的文明成果。李炜的深厚学养和文化人的使命感、责任感深深地感染了大家，让人振奋。最后，李炜还约请阳江日报社的编辑记者到中大中文系走走，双方加强沟通合作。

想不到，2019年5月6日，广州的朋友突然给我打来电话，说李炜走了，当时我有点不敢相信，那么优秀的人怎么说走就走了呢？5月11日，李炜教授的遗体告别仪式在广州举行，我们报社办公室的同志送去了花圈，我不得不接受这样一个让人痛心的事实：那个学识渊博、品格刚正的中大才子真的是走了，永远地离开了我们。

这一天回家的路上，我一边想着与李炜交往的片段，一边思考生命的意义。人生的确无常，生命何其短暂，存活更应精彩。这样想着打开家门，站在厅子里换鞋子的一刹那，回头望见阳台里的蝴蝶兰花竟开得特别灿烂，一群小蝴蝶正围绕着它自由飞舞。我突然想，李炜不就是蝴蝶兰花吗？其竭尽一生的精力来从事语言文化教育工作，其散发出的文化馨香已弥漫在旷远的空气里。

（原载2020年由中山大学中文系编辑出版的《李炜教授追思集》一书）

风劲帆满

如果说风是起源于大气中气流能量的传输，那么，阳江近年来正是得益于良好的区位优势，一路扯满风帆。

浩瀚的阳江海域，一座座巨大的风车如长龙列阵，将呼呼而过的海风，转换成源源不竭的绿色电能，输送至祖国各地，点亮万家灯火……

一

这股风，是中国之风。《孟子》中说："不违农时，谷不可胜食也；数罟不入洿池，鱼鳖不可胜食也；斧斤以时入山林，材木不可胜用也。"《荀子》中说："草木荣华滋硕之时，则斧斤不入山林，不夭其生，不绝其长也。"中华民族向来尊重自然、热爱自然、保护自然，绵延5000多年的中华文明孕育了深厚的生态文化。

生态兴则文明兴，生态衰则文明衰。古代埃及、古代巴比伦、古代印度、古代中国，四大文明古国均发源于林木繁茂、水量丰沛、田野肥沃的地区。生态环境衰退，特别是土地严重荒漠化，是导致古代埃及、古代巴比伦衰落的主因，中国古代一度辉煌的"楼兰文明"也湮没在万顷流沙之下。

以史为鉴，可知兴替。随着工业的高速发展，大气、水和土壤受到严重污染，臭氧层变薄、气温升高、土地退化、森林减少、能源紧张、生物的多样性消失等生态问题日益严峻，已成为全球共同关注的焦点。

人类是命运休戚相关的共同体，保护生态环境是全球面临的共同挑战和共同责任。

党的十八大以来，我国把生态文明建设作为统筹推进"五位一体"总体布局和协调推进"四个全面"战略布局的重要内容，提出了一系列新理念新思想新战略，开展了一系列根本性、开创性、长远性的工作。从东北大小兴安岭，到西南横断山脉，绿化造林日渐提速；从京津冀地区到黄土高原，铁腕治霾的效果日见成效；从青海共和光伏电站到四川雅砻江两河口水电站，绿色能源的应用日新月异……中国生态环境保护从认识到实践发生了历史性、转折性、全局性的变化，污染治理力度之大、制度出台频度之密、监管执法尺度之严、环境质量改善速度之快，前所未有。

我国率先发布《中国落实2030年可持续发展议程国别方案》，实施《国家应对气候变化规划（2014—2020年）》，向联合国交存《巴黎协定》批准文书。2017年，又同联合国环境署等国际机构一道发起，建立"一带一路"绿色发展国际联盟。2018年，中国单位GDP二氧化碳排放比2005年下降了45.8%，相当于减少二氧化碳排放52.6亿吨；非化石能源占能源消费比重达到14.3%。中国是在可再生能源方面投资最多的国家，可再生能源装机占全球的30%，在全球增量中占比44%，新能源汽车保有量占全球一半以上。中国为全球生态文明建设贡献了"中国智慧"和"中国方案"。

我国生态文明建设虽然成效显著，但必须清醒看到，发展不平衡不充分的一些突出问题尚未解决，生态环境保护任重道远。党的十九大将习近平新时代中国特色社会主义思想确立为党必须长期坚持的指导思想，下决心集中精力解决发展不平衡不充分的问题，推动绿色发展、经济高质量发展。

绿色能源可为绿色发展提供强大的支撑。海上风电作为可再生能源，是绿色能源的重要领域，已成为我国发展低碳经济、促进能源结构调整的战略制高点。科学合理开发海上风电，既是国家重大能源战略，更是国家能源供给侧的重大改革。中国开发风能资源，体现了大国担当，展示了大国气象。

建设粤港澳大湾区和支持深圳建设中国特色社会主义先行示范区，是习近平总书记亲自谋划、亲自部署、亲自推动的重大国家战略。广东牢记嘱托，勇担使命，加快构建"一核一带一区"区域发展格局，加速产业转移和能源基地建设，先后出台了《广东省沿海经济带综合发展规划》《广东省海上风电发展规划（2017—2030年）》等文件。海上风电已经成为广东建设海洋经济强省、拓展蓝色经济空间、调整优化能源结构的重要抓手。目前，广东海上风电规划总装机容量6685万千瓦，海上风电产业将成为广东具备国际竞争力的优势产业之一。

省委省政府对阳江振兴发展十分关心，要求阳江发挥资源优势，大力发展海上风电产业，并将风电基地布局在阳江。这既是国家和省对阳江天然禀赋的厚爱，也是对阳江近年来高度重视绿色发展，把丰富的自然资源转化为高质量发展优势的充分肯定。省委省政府主要领导还亲临阳江调研，指导阳江风电产业建设工作，让全市上下深受鼓舞、倍感振奋，更加坚定了发展信心、鼓足了发展干劲。

二

这股风，是绿色之风。绿色，是生命的颜色，是当代中国发展最动人的底色。

阳江，是充满活力的绿色新城。阳江1988年建市，是广东最年轻的地级市之一。这里山海兼优、资源丰富，全市土地面积7955.9平方公里，森林覆盖率为57.1%，城市人均公园绿地面积16.38平方米，拥有"山、海、泉、湖、林、洞"及有着"南方北戴河""东方夏威夷"美称的海陵岛等旅游资源，是中国优秀旅游城市之一。

生态优势是阳江的最大优势，绿色发展是阳江的最大潜力。

一直以来，阳江坚定不移践行习近平生态文明思想，牢固树立"绿水青山就是金山银山"的新发展理念，以对历史和人民高度负责的态度，用最严格制度最严密法治保护生态环境，让绿色成为城市的最美颜色。为了实现经济发展和生态文明的双赢，阳江一直在做"加减法"。所谓"加法"，就是大力发展低碳经济、循环经济、绿色经济；所谓"减法"，就是在转变经济发展方式、调整产业结构中，坚决淘汰高能、高耗、高污染的落后产业。作为国家园林城市、国家卫生城市，阳江的空气质量一直位居全国空气质量最佳城市之列。目前，这里正在创建国家文明城市、国家环境保护模范城市、国家森林城市。阳江，奏响了幸福追赶的绿色发展乐章。

阳江，是资源丰富的广东海洋大市。阳江海（岛）岸线长458.6公里，占广东省海岸线的1/10，海域面积1.23万平方公里，20米等深线内的浅海和滩涂面积1624平方公里，拥有丰富的海洋资源，特别是风力资源。

作为"一带一路"海上丝绸之路重要节点城市，阳江是粤港澳大湾区通向粤西、北部湾城市群、海南自贸区的首座城市，处于环大湾区第一圈层和"珠中江阳"都市圈。阳江充分发挥"湾+带"的联动优势，着重在交通设施互联互通等领域聚焦发力，加强与大湾区核心城市的连接，进一步拉近与广州、深圳、香港、澳门等城市的距离。阳江拥有国家一类对外开放口岸阳江港，产业基础不断完善，发展海上风电产业空间广阔。

阳江，是高质量发展的希望之城。阳江把努力形成具有国际竞争力的风电产业集群、推进海洋经济发展方式转变和海洋经济结构战略性调整，确立为统筹推进"四个全面"战略布局和"五位一体"总体布局的重要举措，以及主动对接融入大湾区建设和深圳先行示范区建设、推动经济高质量发展的重要抓手。

在全球海上风电发展大会上，阳江市委书记、市人大常委会主任焦兰生说："面对开放融通的时代潮流，阳江将实行更加积极主动的开放举措，发展更高层次的开放型经济，以开放促改革、促发展，走互动开放、合作共赢的发展道路。作为正在崛起的能源城市，阳江正全力打造粤港澳大湾区重要的清洁能源基地和世界级风电产业基地，将风电产业建成广东沿海经济带上的优势产业集群，把阳江打造成为全省经济新增长极。"

"风从海上来，电往万家送"，不再是憧憬和梦想。阳江在全省率先发展海上风电和风电装备制造业，是分析自身优势、环境变化、市场需求、未来趋势等综合因素后做出的正确选择。目前，阳江海上风电规划装机容量达2000万千瓦，接近全省的1/3。南海之风，将阳江丰富的海洋资源转化为风车不竭的生产动力，为广东乃至粤港澳大湾区提供源源不断的安全清洁能源。

三

这股风，是实干之风。风劲潮涌，自当扬帆破浪。

阳江认真贯彻落实省的决策部署，把加快海上风电产业发展作为打造沿海经济带的重要战略支点、宜居宜业宜游的现代化滨海城市的务实之举，从土地有效供给到园区扩能增效，从龙头企业招引到全产业生态体系快速集聚发展，从港口码头建设到营商环境持续改善等，风电产业基地建设取得了突破性、跨越性发展。

为推动广东海上风电产业在阳江率先突破，阳江市委市政府会同风电企业、科研机构建立联席会议制度，制定时间表和任务图。市委每月至少召开一次专题会议，市政府每周召开一次联席会议，研究解决重大事项，全力以赴推进海上风电开发建设。

2017年9月，我市首个海上风电项目——中广核阳江南鹏岛40万千瓦海上风电项目狠抓快干，强力推进，按计划实现了年内核准的第一阶段目标。这是目前国内一次性核准的单体最大容量海上风电开发项目。至2018年底，全市1000万千瓦18个海上风电项目全部核准。

2018年上半年，三峡、中广核、中节能、粤电施工队伍纷纷开赴阳江海域，首期第一批130万千瓦的四个浅水区项目全部动工建设……创造了重大项目落地动工的"阳江速度"，大大提振了干部群众的精气神。阳江海上风电开发建设驶入"快车道"。

号角声声，战鼓阵阵。"创力""华天龙""宇航58""宇航3000""海龙兴业""华西900"……一望无际的大海上，海上风电建设单位调集当今中国最先进的海工装备和最精干的技术力量，全面打响阳江海上风电"蓝海会战"。

正在建设或即将建设的海上风电场，均由三峡、中广核、中节能、粤电、华电、明阳等大型风电开发龙头企业进行规模化、连片化、整体化开发。中广核南鹏岛风电场是首期第一批四个在建项目之一,在施工现场,长198.8米、宽46.6米、深14.2米,起重能力为4500吨的庞然大物"创力号",正挥动长臂对风机的稳桩平台进行调平。不远处,多艘大型抢险打捞起重船鏖战正酣,各式交通船、运维船来来往往……

在"创力号"上,90后安全工程师许志祥和70多位同事一起承担中广核南鹏岛风电场25台风机机组的基础施工,他们每天吃在船上、住在船上、干在船上。许志祥每天负责检查吊索臂、钢丝绳等机械设备,日行1.5万步,在船上已经待了几个月。建设者们不畏海上环境艰苦,狠抓施工进度,为的就是项目如期保质完成,让呼啸的海风变为源源不断的电能,送进千家万户……

在开发海上风电的同时,阳江立足本地及周边沿海地区对风电装备巨大的市场需求,"以资源换产业",在全省率先规划建设海上风电装备制造产业基地,海上风电装备制造业异军突起。

阳江高起点高标准规划占地7.4平方公里的建设海上风电研发检测与认证、装备制造、港口服务与施工安装、运行维护与管理等全产业链高度一体化的广东(阳江)海上风电装备制造产业基地,吸引了明阳、金风、龙马等17个总投资近200亿元的风电装备制造企业落户。

海上风电装备制造产业基地内,机器轰鸣声此起彼伏,工程器械不间断作业,到处可见繁忙的施工现场,昔日的滩涂地,一排排厂房拔地而起。2018年,明阳风机叶片、三峡风电、粤水电装备制造等三个项目顺利建成投产……船舶穿梭、吊臂起落,货如轮转,产业发展脉动强劲。根据规划,到2020年底,基地整机年产能300套以上,基本形成集研发检测与认证、装备制造等于一体的海上风电产业集群。

2019年11月29日，阳江海上风电产业建设又传捷报："明阳阳江智能制造中心量产及MySE8-10兆瓦海上风电机组下线暨中广核南鹏岛及三峡沙扒首批海上风电机组并网发电仪式"顺利举行。这标志着阳江风电装备制造业已经形成从零部件到主机集成的完整链条，可为阳江及广东海上风电开发提供完整风机装备支撑。阳江风电产业发展迎来了全面加速的黄金阶段！

中广核南鹏岛及三峡沙扒海上风电场部分机组并网发电，意味着阳江仅用了短短一年多时间，就推动海上风电场进入全面发电阶段，阳江能源产业正式迈入海上风能时代，彰显了实干之风。

四

这股风，是创新之风。海上风电是风电技术的前沿领地，需要克服海上施工、抗海水和盐雾腐蚀、海底电缆远距离铺设等多个技术难题。海上风电建设者们以大无畏的英雄气概及勇于创新的精神，攻克大数据、人工智能应用于风电建设等一个个技术难关。

位于阳西县沙扒镇西侧约15海里的海域上，三峡阳江沙扒海上风电项目施工现场热火朝天，160余名工人抢抓海上施工窗口期，加紧吊装风机。眺望海面，三台海上"大风车"巍然屹立于碧海蓝天之间。为了加快推进项目建设，三峡集团以科技创新为突破口，研发新型设备，探索新的施工方式，结合不同的地质应用不同的基础型式，对应采用导管架基础、单桩基础、筒形基础等风机型式，并在国内率先使用漂浮式风机，这对广东区域风电发展具有重要意义。

弄潮儿向涛头立。在这群"追风人"中，涌现出许多感人至深的先进典型。80后倪道俊是三峡新能源阳江发电有限公司工程管理部经理，2018年，三峡集团广东阳江一期海上风电项目进入工程建设阶段，倪道俊临危受命，毅然离开家乡江苏，远赴千里之外的阳江，挑起工程建设管理的重任。由于海况复杂，工程前期建设进展缓慢，与制定的目标相距甚远。倪道俊不畏困难，发挥共产党员的先锋模范作用，坚定不移地实施设计优化、施工工艺优化，找寻更加适合南海施工的基础型式、施工船舶、打桩锤、施工方案，以实干诠释使命，以创新创造成绩。他用时近一年，完成了超大直径单桩技术的成功应用，将项目38台导管架及嵌岩基础优化为单桩基础，节约成本近2亿元，极大地提高了工作效率。他还牵头负责筒型基础的研究工作，完成了两种型式筒型基础的研究，该技术将在阳江一期项目应用，也是三峡阳江二至五期海上风电项目实现2021年全部投产目标的关键。从前期准备到开工建设，从并网发电到完工验收，倪道俊用勇气和智慧，带领团队在祖国广阔的南海上乘风破浪、扬帆远航。

建好建强创新发展平台，能够吸引更多的产业集聚发展。阳江致力于同步构建"一港一平台四中心"的海上风电全产业链生态体系大格局。"一港一平台四中心"，即南中国海海上风电母港、海上风电配套综合服务平台和风电研发中心、认证中心、大数据中心、运维中心。目前，北京鉴衡认证中心、中国南海海上风电研究中心等生产服务业项目已签约落户阳江。明阳集团牵头设立的海上风电研发中心、海上风电运维中心和中能建广东电力设计研究院牵头设立的大数据中心正稳步推进。一大批研发中心和智造企业落地，推动阳江海上风电产业应用和创新能力不断增强。

科技创新是产业发展的"硬翅膀"。结合合金材料和新能源两大优势重点产业，在省、市各级领导的高度重视下，阳江建设了先进能源科学与技术实验室、材料科学与技术实验室，加强产业应用基础研究及核心技术攻关，打造国内领先、国际先进的产业集群。

人才是创新的根基，创新驱动实质上是人才驱动。阳江高度重视加强海上风电产业发展技能型人才供给，全面构建"应用型本科院校＋高职院校＋中职学校"的金字塔式技能型人才培养体系，为风电产业发展提供高素质技能人才。今年11月1日，阳江应用型本科院校建设工程项目正式动工，将为风电、合金材料等产业发展引进和培养创新型、复合型、应用型高素质人才。

阳江不断创新体制机制，最大限度地激发产业发展活力。阳江市政府推进"数字政府"改革建设，不动产登记办理时限压缩至5个工作日内，开办企业实现半天办结，政务服务便利度大幅跃升。同时，出台了《阳江市扶持重点产业发展暂行办法》等政策文件，总规模120亿元的发展基金已开始运营。阳江还成功举办了全球海上风电发展大会，以高水平开放推动风电产业高质量发展。

预计到2021年底，阳江海上风电建成投产300万千瓦；到2025年，建成投产1000万千瓦；到2030年，全部建成投产2000万千瓦……

天时地利人和，海上风电应运而生。

建设世界级风电产业基地，凝聚着各级党委政府砥砺奋进的精神力量，凝聚着科研人员勇于创新的聪明才智，展现了风电人进军苍茫大海的英勇壮举，展现了阳江儿女实现腾飞梦想的万丈豪情。

　　海上风正起，阳江风机转。我们坚信，作为大湾区和深圳建设先行示范区的重要清洁能源供应基地，阳江海上风电产业发展将插上腾飞的翅膀，一个世界级的风电产业基地将崛起于南海之滨！

（原载2019年12月28日《阳江日报》）

老郑的"诗意"人生

　　与郑荣新的相识相知是在报社共事的时候，近三年的相处，他给我的印象是为人谦卑，处事谨慎，工作细致，待人真诚，追求完美，骨子里还透着一股诗人的浪漫气息。

　　余光中先生曾说过："诗可以破空而来，绝尘而去。"在各种文艺形式中，诗歌是最活泼、最有亲和力的一种。荣新兄的诗歌集子《亮起翅膀抑或舌头》，里面收集的诗歌时空跨度较大，思想跳跃范围较广，从懵懂少年对美好世界的向往，到弱冠之年对爱情的憧憬，到而立之年对世间百态的洞察，到不惑之年感叹时间飞逝，再到知天命之年看透人间万象而倍加珍惜眼前的美好时光……一字一词，都是荣新兄的真实感受，满满的正能量。

　　荣新兄在报社人称"郑老"，这一称谓显示出他在报社中的江湖地位。他是报社大名鼎鼎的诗人，只要是报社组织的晚会，肯定要请他统筹文字或编撰一个节目，他的神来之笔已经成为报社晚会不可或缺的亮点。如报社成立30周年晚会朗诵诗——《三十年，我们永远在路上》，就是荣新兄的杰作之一。"我们走过的这三十年——/被赋予了太多的内涵和外延/当改革的春雷在漠阳江畔炸响/《阳江日报》在一间小屋里诞生/当开放的春风在漠阳江畔吹拂/'一群报人'勇担道义办报立言/沐浴改革开放的春风/我们一路摸索前行。""三十年，我们不知走过了多少街道村庄/三十年，我们不知经历了多少晴天雨天/三十年，我们的笔端记录着漠阳大地的变迁/三十年，我们的报道传递着匡正抑邪的理念。""回望三十年来走过的一段段峥嵘岁月／我们为当年的不懈追求自豪自勉／工作岗位上／我们早出晚归紧张采访／一线记者的身影／总被那一抹抹霞光拉长又挤短／勤劳的鸟儿／常常感动得为他们放声歌唱／工作岗位上／我们昼伏夜出精心编辑／后方编辑的身影／总被那一排排路灯挤短又拉长／多情的月儿／常常感动得为他们忠诚护航。"这首诗写出了阳江报人的辛勤耕耘、艰苦创业，写出了阳江报人的勇担道义、引领舆情，写出了阳江报人的大胆探索、改革创新，写出了阳江报人的不忘初心、砥砺前行……

荣新兄来自贵州大山，贵州人纯朴、憨厚、豪迈的特质表露无遗，这在当今时代是相当珍贵的。作为一个在阳江生活、工作了将近30年的"外来客"，荣新兄早已融入了阳江人中，阳江就是他的第二故乡，对阳江的风土人情、历史人文、风景名胜，更是了如指掌，对阳江的感情亦不亚于本地人。如《不朽的塔——献给英雄利春晓》一诗，对英雄利春晓的赞美：你匆匆走了／而你的勇敢／铸造了一座不朽的塔／该与北塔并峙而立。从某种意义上来讲，他早已是阳江人中的一员。

《庄子·天下篇》有云：诗以道志。诗往往最能看出作者的胸臆。读荣新兄的诗，犹如品一杯芳香浓郁的茶，齿唇留香，沁人心脾。如《稠黏的冬雨》一诗中的"时间是个永不安分的怪物／它怂恿我去追寻那水之一方／因为我知道／当今天的太阳滑过山岗／明天的太阳就不是今天的太阳"，以及"稠黏的冬雨铺天盖地／打湿那飘动的白纱巾／蝶翼上的露珠／如同你的眼睛闪亮闪亮／一双无形的手／拉我走向迷人的远方"。诗句像跳跃的音符，娓娓道来，意境开阔，直达读者心灵深处，慢慢体味，一种意犹未尽的感觉油然而生。

在人与人的交流之中，真诚最动人，一件真情流露的作品，必然能引起读者的共鸣。如《随缘》一诗所言：随缘一夫一缘随，缘佳有约有佳缘。花开荷塘荷开花，圆梦今生今梦圆。又如《冬至的夜》一诗中的最后一节：冬至是一个什么样的日子呢？/这是春天/与冬天相接的临界点/亮起翅膀抑或舌头/缩短春天与冬天的距离。一字一句，都是他真实的情感表达，口吻亲切，平易近人，很容易引起读者的共鸣。

荣新兄在工作上还是一个彻头彻尾的完美主义者，与他一起值班时深有体会。经他审核的版面，不管是版式，还是稿件内容，只要他发现有问题或者值得商酌的地方，哪怕是深夜12点，也要找到写稿记者与编辑一探究竟，直至弄清楚为止，那股做事一丝不苟的较真劲不得不让人肃然起敬。人生是一道风景，人每时每刻都活在风景中。这种较真的劲，在他的诗歌创作中也得到了充分展现，《亮起翅膀抑或舌头》收集的诗歌与散文，文字简洁，语句凝练，里面收集的那些沉潜进字里行间的浪漫爱情、切肤之痛、生活体验、人生智慧，那些以诗歌承载的喜怒哀乐，一直在我的心灵深处回荡，作者的人生轨迹，也仿佛放电影一样在眼前呈现，非常有亲和力。

马丁·路德说："即使世界明天就要毁灭，我今天仍要种下一株小苹果树。"写作是荣新兄孜孜以求的业余爱好之一，《亮起翅膀抑或舌头》是他在工作之余的收获，希望荣新兄在日后的工作、生活中，不忘初心，继续做文学创作的有心人，在诗歌、散文的创作道路上越走越宽广，要能在现在的基础上扩大各种文体的创作，那将让人更加欣慰。

（该文为2019年12月为郑荣新诗集《亮出翅膀抑或舌头》所作的序言）

《阳江日报》文艺副刊扫描

在互联网传播快速更新的语境下，受众的阅读方式更加多样，阅读习惯更加随意，阅读频率更加频繁。《阳江日报》和全国一些媒体一样，因应传播方式的进步和受众阅读行为的变化，对文艺副刊作品进行了大胆的创新和尝试，彰显了作品应有的生命力和张力。

该报对报纸文艺副刊功能进行了顶层设计，让其成为展现一座城市历史文化的窗口和本地人分享生活的平台。

2018年8月，阳江日报社"半亩书画院"开馆，在当地文化界引起了轰动。"半亩方塘一鉴开，天光云影共徘徊。问渠那得清如许？为有源头活水来。""半亩"之名凸显该报本心，为求得更多"活水"，全面展示阳江作为书画之乡的艺术精品，吕如雄、黄安仁、陈略、谢天赐、陈碧山、岑圣权、张洪亮等名家佳作均收藏其中；而常年向市民免费开放交流的暖心之举，更是深得老百姓喜欢；在报纸上不定期推出"半亩书画院"专版，上面附二维码链接半亩书画院，更多璀璨的阳江书画文化扑面而来。这些都是文艺副刊在数字化时代，贴近实际、贴近生活、贴近群众的努力，是文艺副刊感知时代、服务读者的尝试。如刊发关山月的作品《绿色长城》，将海边居民防风固沙、保护绿色生态环境的奋斗故事渲染得活灵活现，在艺术语言上，该画作融入了西洋油画的表现手法，作品境界之阔大更胜大师的其他画作，让读者印象深刻。

该报文艺副刊甚至将触角延伸到理论性极强的社科板块，让社科知识普及更加通俗易懂。2018年，其携手中山大学、省社科联共同举办戴裔煊先生诞辰 110 周年纪念活动,以在中山大学的座谈会为开端,至阳江瞻仰戴先生故居活动为收官,对这位漠阳大地走出的杰出学者的一生,进行了精心细致的梳理。《独钓寒江雪》等杂文在文艺副刊发表后,人们除了佩服戴先生丰硕的学术成果,更加敬仰他的学人风范。

　　对我国著名语言学家黄伯荣教授的遗著《广东阳江方言研究》进行搜集整理,也是《阳江日报》文艺副刊最近几年浓墨重彩的一笔。阳江话很独特,是中原古汉语遗存的一块活化石,黄伯荣教授遗著是目前在阳江方言研究上最齐全、最完备的记录,其内容经整理后最早在文艺副刊版面连载,其书也在阳江日报社的支持下正式出版。如此种种努力,倾注了阳江日报人的人文情怀、文化担当,也体现了阳江日报人对本土优秀文化的挖掘与传承。

　　面对互联网互动、共享、自由的阅读和诸多报纸副刊版式频频删减或者变脸的躁动,该报的文艺副刊却一如既往地保初心、留本色,内容愈加丰富,作者队伍更加壮大,坚持带给读者"长路遇故交"般的温暖与欣喜。这种温暖与欣喜,一直延伸到网络世界,"用声音读文学作品给你听"的"悦听"微信栏目首先顺势而生。看报纸、听"悦听",你能听到张欣的《围炉夜话》、季羡林的《人生漫谈》,也能听到本土作家梁媛的"晒太阳"、梁宗强的"爆米花"……既能读到文豪大家的作品,也能品到市民百姓的生活。"悦听"让无数有才华却缺少用武之地的本地文学爱好者,从此走入了大众视野。

　　对读者来说,"触网"的文艺副刊既存着纸媒的老味道,又显融媒体的新鲜,因为他们面对的已不再只是纯粹的文本了。比如,曾经激荡人心的抗台风抗洪水诗歌《誓要找到你》,也

135

被迅速录制成MV出现在朋友圈里，还捧回全国创新创意大赛的奖杯！对本地文学爱好者来说，这种全新的参与感实在太可贵了。还有，雨薇、蔡德仙等作者走进《阳江日报》的演播室成为朗读者，朗读自己的作品，在线上与大家分享，读者与作者、外语境与内语境的对话自此在网络开启。

说到底，在一个知识更新和信息传播极快的多媒体时代，报纸和新媒体的竞争、报业内的竞争无可避免，而且还会日趋激烈。文艺副刊要坚持原创和个性，强调亲民与读者互动，并不是要弱化它的思想性和文学性，而应该追求兼容并蓄、广博丰富、雅俗共赏的风格。比如，由文艺副刊牵头组织当地作家协会会员外出采风，创作出来的作品再"牵手"新媒体，做音频、做视频，甚至大胆采用本土作者的剧本，拍摄扶贫微电影《大山的欢笑》，通过爱奇艺、今日头条、腾讯等平台播放，在网络上竟然有超过百万人观看，这不是单纯做一次文艺副刊改版就可能获得的荣光。

最近几年，为了适应新形势，求得年轻化、本土化、专业化的合理发展，该报以培养、挖掘文学新人为己任，经过努力，一批有实力的作者走向全省，进而走向全国。与此相对应的是，该报在全国全省报纸文艺副刊作品年度评比中，一共获得40多个奖项，而且三次获得省级一等奖。由此可见，新旧两种载体的竞争，不应是互相抵触，而是相得益彰，共同参与变革，不断提高作品的张力。在全媒体时代的今天，对报纸的文艺副刊来说，也是一个难逢的发展机遇。

事实上，报纸副刊从来就有着顺应变革的内在动因，从发展的历史可以看出，副刊始终紧贴读者，唯读者的需求是从。现在，读者对于阅读内容的需求更多样了，有着优良传统的副刊应该为读者提供更加丰富、高质量的精神食粮。所以，全媒体时代，我们的设想是：文艺副刊当以其原创性、高品位成为报纸的核心竞争力。

我们期待着，一个百花盛放、春色满园的全媒体文艺副刊时代的到来。

（原载 2019 年 12 月 31 日《阳江日报》）

曾庆存院士的"大气"人生

悠悠漠阳江，慷慨地哺育和滋养着这片土地上的人们。漠阳大地，人才辈出。一批又一批漠阳儿女，从这里起步，走向更广阔的天地。无疑，中国科学院院士、中国气象预报事业的泰斗曾庆存先生，就是他们中的优秀代表。

作为对漠阳文化饱含热爱的阳江人，我对曾院士的事迹颇为熟悉。近年，因为工作的关系，有幸和先生有两次近距离接触。一次是 2016 年 6 月，曾院士刚刚获得第 61 届国际气象组织奖，我得知消息马上带队到北京采访了他。2019 年，曾院士获得国家最高科学技术奖，我又一次赴京专访他。

2020 年 1 月 18 日上午，即将迎来新春佳节的北京，街头流光溢彩。在中科院大气物理研究所八楼的一间办公室里，我们如愿拜访到了曾院士。85 岁高龄的曾院士，衣着朴素，谦逊、热情一如往常，初见面的乡音问候，一下子消除了我们的拘谨。

以身许国显大气，是曾院士给我们留下的深刻印象。1935 年，曾庆存出生于阳江江城岗列玉沙一户贫困的农民家庭。这是一个耕读传家的传统家庭，但由于当时的中国处在半封建半殖民地的境况，生产力极端落后，百业凋零，即便曾家老少力耕垄亩，也只是勉强喝上"月照有影的稀粥"。曾庆存回忆，小时候每日晚餐后，父亲曾明耀只能手执火把和兄弟俩一起温习功课。家乡的那段困苦经历，让曾庆存对改变国家贫穷落后的状况有了更强烈的责任感。

1952 年，曾庆存高中毕业，考上了北京大学物理系，自此开始人生新的历程。说起往事，曾庆存仍感慨万分："如果不是共和国成立，上大学是想都不敢想的事。"曾庆存为这个刚刚获得民族独立和人民解放的国家感到欢欣鼓舞，决心为它的繁荣进步贡献自己的力量。

曾庆存说，上北大之初，自己是怀着原子梦而来的。但因为国家需要气象人才，他只能服从分配，去学习气象学。尽管有过苦闷与矛盾，但始终坚持"国家的需要就是我自己的需要"的原则，服从组织安排，以优良的成绩完成学业。

1956年大学毕业之际，曾庆存放弃了尽快参加工作挣钱养家的想法，欣然接受组织的留学选派。谈及此事，曾庆存坦言，自己跟后来成为著名地质学家的兄长曾庆丰，能够长期在外求学，幸得父母在家乡勤劳持家，维持后勤供给。所以兄弟俩大学毕业，都希望早点步入社会，回报父母的恩情。但当时国家十分需要一批知识分子到国外去进修，以熟悉和跟踪世界的前沿学科。在组织和老师的帮助下，曾庆存再度因为国家需要，于1957年被选派至苏联科学院应用地球物理研究所读研究生，师从国际著名气象学家基别尔。在恩师的鼓励与指导下，曾庆存克服重重困难，于1961年首创了"半隐式差分法"，成为世界上最早应用原始方程进行数值天气预报的研究者，该方法在国际上至今仍被广泛使用。曾庆存小时候，面对家乡惨遭台风侵袭，幻想成为追风"千里眼"和"顺风耳"的梦想，终归成为现实。

同年，曾庆存获得苏联科学院副博士学位后归国。踌躇满志的他，写下一首《自励》诗："温室栽培二十年，雄心初立志驱前。男儿若个真英俊，攀上珠峰踏北边。"26岁的他立下誓言，要努力为国争光，勇攀科学高峰。

正当在自己熟悉的学科努力拼搏的时候，1970年，曾庆存又一次服从国家需要,被紧急调任为卫星气象总体组的技术负责人,进入自己完全陌生的研究领域,并在后来取得了非凡的成就。

从事科学研究专注于大气,是曾院士给我们的又一种观感。曾庆存院士的办公室不大,两排书柜,一张办公桌,三把椅子,书柜和桌面放满了各类书籍文献,当中包括他的气象学研究著作。办公室的布置,如同这位满头银丝的老人一样简朴,他把自己的全部精力倾注在大气科学和气象研究上。"无论国家还是阳江,既要涵养人文精神,又要发展科学技术。在科研的道路上,有愚公移山精神,才能挖到黄金。"在与我们的交谈中,曾庆存反复告诫大家:要坚持勤俭节约和实干兴邦精神。

曾院士认为,科学研究无国界,但路径和方法可以多种多样,要勇于创新,走自己的路。从苏联归国后,曾庆存进入中国科学院地球物理研究所气象研究室工作,那段时间,曾庆存很忙。自己生病,拖着病躯奔波于各地;妻子和幼子无暇照顾,只能托寄于农村老家。他就像"赛马"一样往前冲,终于解决了卫星大气红外遥感的基础理论问题。1974年,他写出了《大气红外遥测原理》一书,是国际上关于系统地发展卫星大气遥感理论的最早论著之一。1979年,他的专著《数值天气预报的数学物理基础》(第一卷)问世,被国外科学家誉为"世界首创,是第一本这方面的著作,是气象理论化的代表作"。20世纪80年代初,曾庆存挑起中科院大气物理研究所所长的大梁。当时,我国大气科学研究在装备上比国外差得多,比如运算上,我们就缺少重要工具:高速计算机。"我们的计算机每秒百万次,人家是亿次,要追赶他们就好比毛驴追汽车。"曾庆存抱着没有"汽车"也要先换"自行车"的想法,千方百计筹措经费,引进了一台相对先进的计算机。在此期间，兄长曾庆丰积劳成疾，虽著作等身，终因肝硬化晚期而离世。曾庆存强忍失去亲人的悲痛，更加努力地工作。在曾庆存研究理论基础的指导下，1988年，我国第一颗气象卫星"风云一号"发射成功，并在第一时间发回清晰的遥感图像。自从有了气象卫星监测，中国登陆的台风和发生的沙尘暴，一个都没漏报。变幻莫测的天气信息，都尽在中国人的掌握之中。

　　作为一个有世界影响力的科学家，曾庆存胸怀全局、胸怀全人类。他积极倡导"不急近功，不贪近利，脚踏实地工作"，并且身体力行，以身作则。正因为如此，他在中科院大气物理研究所具有极强的号召力，使这里成为国际上知名的几个大气科学研究中心之一，取得了一大批有国际影响的科研成果，培养出许多优秀的科研人才和学术带头人。2016年，曾庆存被联合国世界气象组织（WMO）授予国际气象科学最高奖——"国际气象组织奖（IMO）"。这是一项终身成就奖，用以表彰全球做出杰出贡献的气象科学家。曾庆存获此殊荣，意味着世界对中国气象科学研究成果的认可。

　　"搞科学研究，不能像阳江人说的挖番薯那样做，一锄头下去，有就有，没有就没有，我们需要有挖井精神，需要有愚公移山精神，坚持不懈挖下去，才能挖到黄金，成功往往属于最专注的人。"曾庆存意味深长地用家乡俚语比喻，启迪乡亲们保持对浮躁社会现象的时刻警惕。

　　文化自信彰显大气，是曾院士给人的又一印象。曾庆存身上仿佛有着数千年优秀文化和民族美德的浸润，更有着传统知识分子的气质和风骨。他说，中华文化有5000多年历史，丰富的哲学思想、人文精神、道德理念等，能为我们认识世界和改造世界提供有益启迪与哲学方法，发扬传统文化和搞好科学研究，相辅相成，相得益彰。

曾庆存有着"诗人院士"的美誉。从先生的诗作中，我们除了能深刻感受到他对中国传统文化的热爱和自信外，还能体悟到诗中表达的"志"——文化传承、教育发展、乡梓福祉。

曾庆存说，无论是大禹治水，还是太史公司马迁著《史记》，抑或是抗日战争时期毛泽东力主抗日要坚持"持久战"，他都能从中感悟到中华民族的传统精神——坚持、坚守、不放弃。这么多年来，他经历了那么多困难都能克服，就因为有传统文化精神的支撑，保持住了自己的定力。

离乡数十载，曾庆存始终对家乡怀着深深的眷恋之情。当我们告诉他，近年来，阳江的发展变化很大，通了高铁，应用型本科院校正在加快建设，他显得很高兴、很受鼓舞。

为帮助家乡培养更多人才，1995年，曾庆存将荣获香港"何梁何利奖"的奖金10万元港币捐给母校阳江一中和广东两阳中学，并以父兄名字设立"明耀庆丰奖学金"，资助品学兼优的贫困学生。曾庆存多次回母校讲学并题词写诗，他光风霁月、高山仰止的人格力量，激励着一批又一批漠阳莘莘学子奋发图强、报效祖国。曾庆存多次率气象专家回乡调研，为阳江气象事业建言献策。在曾庆存的感召下，阳江走出了一批优秀的气象学家。

曾庆存十分重视对环境的保护，他反复告诫家乡的同志，在发展经济的同时，一定要保护好绿水青山，保护好子子孙孙永续发展的基础。陪同父亲与我们见面时，中科院大气物理研究所研究员曾晓东说，自己放弃了可以留在美国工作的机会，积极投身生态环境研究，正是受了父亲曾庆存的影响。

尽管已经85岁高龄，但曾庆存对科研、科普和人才培养的热情不减。只要身体允许，他几乎天天会去大气物理所的办公室，和年轻人研究问题。曾庆存眼下参与的一项重要科研工作，是位于北京远郊怀柔的国家大科学装置——我国首个地球系统数值模拟装置的落地建设。该项目将提升我国在气候与环境领域的国际话语权。

"中国要成为世界科技强国，需要有更多耐得住寂寞、坐得住冷板凳的青年投身科研事业。"曾庆存很自谦，说他曾矢志攀登大气科学的"珠峰"，但并未到达山顶，大概在8600多米的地方建个营地，供后来者继续攀登。而今天的他——一位气象科研领域的"老战士"，初心不改，壮心不已，仍奋战在科研工作的第一线。

心念故土，大气情深，体现了曾院士的不忘初心。从进门的第一声问候起，到访谈结束，与曾庆存院士的交谈都充满了浓浓的乡情，我们如沐春风，如饮醇醪，获益良多。

"乡音难改啊，我仍然讲阳江话。"当我们请他向家乡人问好时，他用地道的阳江话，感恩家乡的培养，动情地说，"我非常想念家乡。"

曾院士的乡情，不仅体现在乡音上，更体现在对阳江发展的关注和期许上。这位离乡数十载的老科学家，和我们谈得最多的是国家，是家乡。

当他翻阅着家乡的照片、听着家乡的变化时，喜悦之情溢于言表。风电、高铁、本科院校……家乡的每一个变化都牵动着曾院士的心，他不时仔细询问，提出建议。尤其是谈到家乡的文化和教育工作时，他反复叮咛，一定要重视教育事业，一定要加大冼夫人文化和"南海Ⅰ号"文化的开发利用和保护，厚植文化根基,用丰富而深厚的人文精神、愚公移山的科研精神,推动家乡建设取得更大进步。

对于故乡,曾院士有着很深的眷恋和强烈的自豪感。岭南画派大师关山月、阳江刀具、阳江漆艺、阳江风筝,甚至是家乡的老街旧巷,他都饱含深情,娓娓道来。在和我们分享他的科研历程时,他用了不少家乡方言土语来形容和描述,让我们既惊讶又亲切。

高山仰止,景行行止。谦虚简朴,淡泊从容,家国情浓,在访谈中,曾院士展示的优秀品质让我们感动。作为生于斯,长于斯,学习工作于斯的漠阳儿女,我们为有曾庆存院士这样品学兼优的乡贤而倍感自豪。

"国是最大的家,家是最小的国。"中国是一个具有浓厚家国意识的社会,只要我们每个人都将赤诚的家国情怀、爱国爱家的精神传递下去,转化为推动社会发展的强大精神力量,凝心聚力、万众一心,共同把自己的家园建设得更加美好,中华民族的伟大复兴也就离得不远了。

(原载2020年1月21日《阳江日报》)

紫荆花开

南国二月，乍暖还寒，报社旁边金园路的紫荆花又开了。一树一树、一行一行的紫荆花，紫色的花瓣，白色的花蕊，芳香满路，沁人心脾。

也许花早就开了，只是花开有序，赏者无心。印象中，这片紫荆花，花期很长，大概每年12月初始花，翌年4月终花，有3个多月盛花期。我觉得今年花开得比往年格外养眼，平时那些不那么婀娜不那么显眼的紫荆树枝，或横穿或竖插，编织成一张张密密麻麻的大网。网里如走龙蛇四处分杈的枝条，伸展到哪里，花儿就绽放到哪里，一朵朵、一簇簇，迎着春风，向路边走过来的观赏者，欢快地跳着、顽皮地笑着，仿佛在炫耀它们那"一花一世界"的乐观。

感喟紫荆握一掌年华、生一树繁花之余，我更叹赏其直面不平境况的淡定与从容。是的，如果在往年，碰上这千树万树紫荆花开的良辰美景，这里必然会有另一番光景：男女老少，或站在树下，或倚在树旁，摆着一个个姿势，留下一张张靓照。连我们报社的摄影记者，也会扛着"长枪短炮"，来凑这番热闹。

寻常岁月静好，失去才觉得珍贵。独自一个人静静地走在这花丛中，才感知往昔自由自在生活和热闹场景的奢侈。春节是中华民族最隆重喜庆的传统节日，可这个庚子年春节，却因武汉突发特别重大公共卫生事件——新冠肺炎而全民居家。坦率地讲，再没有一个春节，像今年这样让我们过得如此揪心、如此无奈："过新年"，变成了"渡难关"；"开门大吉"，变成了"关门自守"；"迎春接福"，变成了"应急响应"。

千家万户停止了祭祀行孝、走亲访友，大年初二鸳鸯湖畔的烟花晚会等群众喜爱的春节活动都取消了，取而代之的是全国动员、全民皆兵，一场疫情防控阻击战打响了。

一时间旌旗猎猎，院士专家汇集武汉，中国军人挺进武汉，白衣天使"逆行"驰援武汉！各地的防疫救援物资和爱心善款源源不断汇聚武汉，火神山医院、雷神山医院和方舱医院应势而建。全国上下一盘棋，众志成城、同舟共济，与时间赛跑，与病魔较量，生动诠释了社会主义制度集中力量办大事、一方有难八方支援的强大优势。

作为媒体人，我们亲历这场战"疫"。面对汹涌而来的疫情，媒体同人跟一线人员一样，勇敢逆行、冲锋在前。我们的采访团队，有60后的"老前辈"，也有90后的"小哥哥""小姐姐"，他们主动请缨，冒着可能被感染的危险，奔赴疫情防控第一线，深入防疫核心区域，用手中的笔、话筒和镜头，记录疫情防控的真实情况。自疫情发生以来，我们通过消息、通讯、评论、图表、视频、H5、歌曲等形式，推送了一波又一波新闻信息和防疫知识。我们的报纸和新媒体平台刊发了一篇篇观点鲜明、斗志高昂的新闻评论，一条条真实全面、客观理性的新闻报道，一幅幅直观生动、鲜活感人的视频画面和新闻图片，给了公众力量和希望，缓解了大家的焦虑，鼓舞了人心，坚定了市民战胜疫情的信心。

在这段不平凡的日子里，同事们的辛劳和付出，多次让我感动让我泪目。我们的采编队伍夜以继日，从1月21日启动疫情防控到现在，坚持每天24小时接续传递一线信息。那天，几位连续熬了几天几夜的90后"小记"，申请深入医院隔离区采访确诊患者，我正在犹豫，他们却笑着说："这个时候，公众最想知道确诊病例的情况，作为报人，必须勇敢向前冲！"这些话语尽管平白无华，却道出了新闻人勇担道义的情怀。我还有什么话可说？唯有叮嘱他们做足防范措施，确保自身安全。当他们凯旋，"看到你们平安，真好！"成为我们后方团队最硬核的一句话。更令人感动的是，我们有一位80后"小编"妈妈，把不足两岁的女儿托付给家人，自己一直奋战在新媒体编辑一线岗位。为了提高工作效率，她连续数天夜间等孩子睡熟后，依靠家里的电脑平台，凌晨三四点钟爬起床准备"功课"。此时此刻，还有谁敢说，80后90后没有社会责任感、没有时代担当呢？

中国政府和中国人民英勇抗击新冠肺炎所做出的巨大努力以及牺牲精神，赢得了国际社会的普遍尊重和认可。包括日本、韩国等国家和国际组织纷纷伸出援手，通过捐款、捐物、医疗合作等形式支援中国；国内外企业家、普通群众也捐献了大批善款。灾难面前，最容易看到人类内心深处的光芒。也正是这些地球人要共同面对的灾难，让不同国家、不同种族、不同肤色、不同信仰的人们走到一起。而人类于危难时刻迸发出来的义举和善良，成为支撑和推动这个饱受磨难的星球继续前行的宝贵力量。

"若非疫情所迫，谁愿意把自己弄得像蒙面人！""做忍者神龟很辛苦，但小不忍则乱大谋，该忍还得忍。"社会上的"心灵鸡汤"伴随着防疫阻击战还在继续，人们的反思也在进行。对于这次疫情，其传染源、中间宿主等目前还没有一个确切的说法，还需要专家进行严谨的论证。但疫情的发生，提出了一个极其严肃的时代课题：随着经济社会的快速发展和人们交往的日益密切，我们应如何解决公众对超大型社会的公共卫生需求？应如何从源头上控制重大公共卫生风险、应对像这样的传染性疾病？对正处在爬坡和转型期的当代中国来说，这一次我们交的"学费"是昂贵的。这次疫情是对我国治理体系和治理能力的一次大考，我们一定要总结经验、吸取教训。事实上，此前我们国家就已经确定了推进治理体系和治理能力现代化的目标。此次事件，更加印证了确立这一目标的正确性。

总而言之，这次疫情给我们带来的思考是全方位的，但又必须客观和辩证地看待问题。目前，中国是世界上最大的发展中国家，与经历了几百年现代化建设的西方发达国家相比，肯定有我们的短板和不足，但决不能因此而否定中国建设的伟大成就。

1950年，中国人民志愿军跨过鸭绿江，在朝鲜战场上力破十七国百万强敌。2008年，汶川发生堪称毁灭性的大地震，在中国共产党的坚强领导下，我们借助社会主义国家强大的动员力，很快让汶川重立世间。正所谓多难兴邦，对疫情的处置，是新时代中华民族伟大复兴的又一次重大考验。"病侵"只会让中国更健壮，磨难只会使中国更坚强，挑战只会使中国更勇敢，教训和经验只会让中国更成熟。

阳光总在风雨后。苦难必将过去，在灾难面前，现在的关键是要有自信，活出自我，大家做好各自手头上的工作。这样一想，我把思绪收回到眼前的紫荆花上。紫荆花既像五角星，又有点像兰花；一朵花有五瓣，上边一个居中，花瓣较大，其余四瓣两两相对，环环相扣；花瓣中间，是紫色和白色相间的花蕊；花与花镶在枝头上，形成一个一个流线分明的花球。紫荆花满树盛开时，树与树勾连成一片，繁花似锦，万紫千红，焕发出勃勃生机。

我想，穿越今朝的风雨，吮吸日月星辰的灵气，待到明年春节，这一片聚满能量的紫荆花，一定会开得更加灿烂！一个人来人往赏花的春天，一定会到来！

（原载 2020 年 2 月 19 日《阳江日报》）

南海潮涌　丝路帆扬
——"南海Ⅰ号"南宋沉船的传奇故事

见证大宋荣光的 800 年沉船"南海Ⅰ号",自 1987 年在广东阳江通往西部海上交通的主航道上被发现后,就一直没有离开人们的视线。

风光旖旎的广东阳江海陵岛,波浪造型的广东海上丝绸之路博物馆静卧十里银滩,这里是古沉船永久的家。在"南海Ⅰ号"南宋沉船水下考古项目发掘圆满结束,进入文物整理和研发阶段之际,笔者采访了几位"南海Ⅰ号"打捞和考古发掘的亲历者,梳理了 30 多年来古船考古发掘的重要节点和一些鲜为人知的传奇故事。

发现打捞

说起古沉船的首次被发现,虽然已事隔 30 多年,现任阳江市博物馆馆长、当年首批水下考古队员之一的张万星,仍然掩盖不住内心的激动。

时间推移到 1987 年。这年 8 月,广州救捞局与英国海洋探测公司联手在阳江附近海域搜寻一艘东印度公司的沉船时,意外发现另一条古代沉船。

至此,当地群众从考古界听闻了一段心酸的往事。

作为世界四大文明古国之一的中国,到南宋时,已经同世界上 50 多个国家和地区进行频繁的海路贸易。在繁忙的海上丝绸之路通道上,不少船只因风浪或其他原因沉没,长眠于海底。

这些海底瑰宝让盗宝者垂涎三尺。1986年，英国人迈克·哈彻将从中国南海海域一条沉船上盗捞的约15万件瓷器，拿到荷兰阿姆斯特丹公开拍卖。中国派出两名陶瓷专家怀揣3万美元参加了拍卖会。可是，3万美元连举牌机会都没有，两位专家满怀遗憾地空手而归。

这次拍卖会唤起了中国社会各界对水下文化遗产保护的认识和重视。1987年3月，国家水下考古协调小组成立，这与"南海Ⅰ号"的发现、中国历史博物馆水下考古研究室的成立，并称为中国水下考古诞生的三大标志性事件。时任中国历史博物馆馆长的俞伟超将在中国南海发现的这艘沉船，命名为"南海Ⅰ号"。

今年59岁的崔勇，是中国首批水下考古队员之一，如今作为"南海Ⅰ号"考古项目负责人，仍坚守在考古第一线。崔勇说，对古船在水下位置的精准寻找，经历了十分艰辛而漫长的过程。直到2001年，中国水下考古队才凭着不断壮大的实力，在茫茫大海中，找到了这艘湮埋在两米多厚淤泥下的神秘沉船。

2002年，中国水下考古队员从"南海Ⅰ号"打捞出4000多件瓷器，并摸清了周边的环境。崔勇介绍了当时的情况，"南海Ⅰ号"沉船区域海况复杂，海水能见度低，采取传统的打捞方式难度非常大，而且容易造成文物损毁。经过反复论证，文物部门最终决定对这艘古沉船进行创新式的整体打捞。

对"南海Ⅰ号"这一人类共同文化遗产的保护开发，国家文物局和广东省委省政府都高度重视，发挥全局一盘棋、集中力量办大事的优势，促成国家文物主管部门和省市形成强大的合力。从2002年下半年到2006年6月，参与打捞的相关单位，先后对整体打捞方案进行了六次修改、四次论证，方案最终获得通过，成为世界水下考古里程碑式的工程。

2005年3月，广东省政府拨款1.5亿元，阳江市在海陵岛十里银滩划拨近13万平方米的建设用地，配套建设广东海上丝绸之路博物馆，作为"南海Ⅰ号"上岸后永久的"新家"。

2007年4月8日，"南海Ⅰ号"打捞作业启动，施工方将一个巨型钢质沉井压入海泥中，整体罩住了沉船，然后在底部横穿36根底梁，形成一个密封的"集装箱"。2007年12月21日，有"亚洲第一吊"之称的"华天龙号"起重船，将古船吊离海床移位到半潜驳"重任1601"上，并采用气囊拉移的方法平稳移入新建成的广东海丝馆"水晶宫"。

保护发掘

沉船打捞出水后，考古队于2009年和2011年先后进行了两次考古试发掘。但是，要真正解密"南海Ⅰ号"，还需多学科的结合和高技术提供强大的支持。

党的十八大以后，中国水下考古与文化遗产保护事业发展揭开了新的篇章。2013年11月，"南海Ⅰ号"全面发掘工作启动。海丝馆引入现代化车间工程管理运作系统，架起光源稳定可控的平行光源灯阵，采用世界上最先进的测绘仪器等设备，建成世界最大最先进的现代化考古实验室。来自全国各地的30多名优秀考古专家，每天紧张忙碌着……随着考古发掘工作有序推进，沉船的神秘面纱一点点揭开。

考古发掘显示，"南海Ⅰ号"确定为中国造，属"福船"类型，船残长22.15米、最大船宽9.35米。左右两舷侧板为多重板搭接结构，主要为三重板结构，造船木材产自中国东南沿海等地。根据船上发现最晚的铜钱刻有"淳熙元宝"款，还有一件德化瓷罐上有"癸卯"年墨书，专家初步推测该沉船出航时间为1183年。

到2019年8月，"南海Ⅰ号"船舱内文物的清理工作全部完成，沉船出水文物精品超过18万件。经清点，古船出水文物包括各类金、银、铜、铅、锡等金属器，竹木漆器，玻璃器以及人类骨骼、矿石标本、动植物遗存等，其中铁器、瓷器为大宗物品。

船上铁器在贸易品中占比甚高，总重量超过130吨。金器是"南海Ⅰ号"出水文物中最惹眼、最气派的一类，工艺精湛、造型精美。船上瓷器囊括了江西、福建和浙江三省的陶瓷产品，器型则包括壶、瓶、罐、碗、盘、碟、钵、炉、粉盒等。

古船承载巨量外销陶瓷、大量手工艺制品和日常生活用品及众多金银铜货币，表明宋代商品经济高度发达，并已涉及海外贸易体系，呈现了南宋时期海洋活动的繁荣景象，是研究古代海上丝绸之路的有力证据。

看到"南海Ⅰ号"发掘所取得的成果，崔勇庆幸自己恰逢其时，自始至终参加了"南海Ⅰ号"的考古发掘。他说："'南海Ⅰ号'古船作为一个相对独立而又结构完整的水下遗存，蕴藏着极其丰富的信息。我们采取全世界独一无二的整体打捞方法，将沉船完好打捞出水，从海底探摸发掘到入馆后的精细化考古发掘，前后持续了30多年时间。我们不惜重金、不惜代价，体现了中华民族对世界文化遗产保护的责任和担当。"

"南海Ⅰ号"的考古发掘，见证了中国水下考古事业从无到有，再到成熟壮大的历程。"我们采集到的考古数据可以精确到毫米级，世界上还没有其他国家的水下考古能做到精确至毫米级的测量。"指着眼前的激光三维扫描、近景摄影测量等现代先进设备，张万星感慨万千。他说，中国水下考古和"两弹一星"一样，是见证大国崛起的重大事件。

开发传承

"文物的作用是传承文明，促进世界文明互鉴！"对于自己能出任广东海丝馆馆长，曾超群充满自豪与自信。他认为，"南海Ⅰ号"的价值远远不只金银、瓷器、铁器所表现出的财富，其发掘出来的大批文物精品和蕴藏的大量信息，生动展示了中华民族自强不息、奋发向上的民族精神、民族特质。"南海Ⅰ号"打捞本身，也体现了广东人敢立潮头、锐意创新的勇气，没有改革开放，就没有中国水下考古事业的发展，老一辈人创造的"中国水下考古精神"值得后人好好学习。

作为当地最亮眼的文化名片，阳江高度重视"南海Ⅰ号"保护发掘和展示利用工作。广东海丝馆想方设法加大场馆硬件建设，加强新技术的开发，利用AR（增强现实）、VR（虚拟现实）等高科技手段，活化利用馆藏文物相关元素，开发群众喜闻乐见的科普节目，推出网络直播，促进海丝文化的传承，发挥"南海Ⅰ号"在国家"一带一路"倡议中的重要作用，并积极加入由广州市牵头的海上丝绸之路保护和联合申报世界文化遗产的行列中。2018年4月，24个城市在广州签署了《海上丝绸之路保护和联合申报世界文化遗产城市联盟章程》，阳江市正式加入了新一轮的海丝申遗联盟。广东海丝馆积极争取联合国教科文组织的支持，召开了有世界20多个国家和地区专家学者参与的多场研讨会，并举办了"一带一路"沿线国家水下考古培训班，为"南海Ⅰ号"走向世界做了大量卓有成效的工作。

党的十九大后，中国水下考古事业进入了新时代，习近平新时代中国特色社会主义思想为文物开发提供了强大的思想武器，"南海Ⅰ号"承载的和平发展、互融互通、共建共享的丝路文化，是中华优秀传统文化的重要组成部分。搭建友好桥梁，促进文明互鉴，让"一带一路"建设更好造福沿线和世界各国人民，具有深远的历史意义和极大的现实意义。

目前，广东海丝馆正以"南海Ⅰ号"古沉船及船载文物为核心，以广东省水下文化遗产保护中心的建设为契机，努力打造集水下考古、文物保护、海丝文化研究与研发、海丝风情展示、海丝文创产品展销、海丝文艺作品展演为一体的文化旅游综合体。同时，注重深挖"南海Ⅰ号"的海上丝路文化内涵和价值，"借船出海"，发挥其在对外合作交流中的龙头作用。在湖南、浙江等省份和香港、澳门等地区，组织了多场"南海Ⅰ号"文物展，使国人普遍增强了文化自信，也使香港和澳门的市民对海上丝绸之路与宋代中西文明交流的历史有了更深入的了解，增进了民族认同感。

现在，广东海丝馆积极倡导与英国"玛丽露丝号"、瑞典"瓦萨号"、韩国"新安沉船"等世界著名沉船博物馆联合建立国际沉船博物馆协会，并为"南海Ⅰ号"300件文物到欧洲举行三场巡回展出做努力。

进入21世纪的第二个十年，"南海Ⅰ号"重新扬帆启航，它必将乘风破浪，奋勇前进，在中华民族伟大复兴的征程中留下浓墨重彩的篇章！

（写于2020年5月6日）

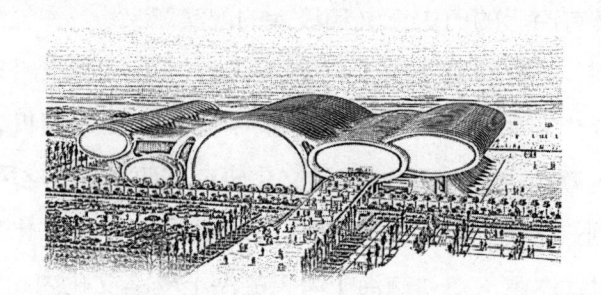

一家之村取其净　一人之性取其坚
—— 追忆乡土诗人李世焱和他的"一家村"

焱叔，真实姓名叫李世焱，是阳东东平镇良洞村人。乡亲们之所以喜欢称他为焱叔，缘于对其性格耿直、学识丰富的敬重。

1980年，四十出头的焱叔承包了良洞村一处叫红旱的大片坡地，种果养鱼，并建起了简易的房子，还把它称为"一家村"。自此，这里便成了焱叔劳作会友、吟诗作对的小会所。不管是春意绵绵、雨落屋檐，还是北风朔朔、灶头生火；不管社会生态，还是世事人情，自然界和生活的林林总总，都成为焱叔创作诗词的素材。

焱叔有着陶渊明"采菊东篱下，悠然见南山"隐居田园的雅致，更有杜甫"安得广厦千万间，大庇天下寒士俱欢颜"的济世情怀。而生活在当代的他，又拥有今人的开明思想境界。他多次说过："我并不赞成所有人都像我这样过日子，我希望的是，每个人都按照自己想要的方式，去追求自己喜欢的生活。"他还说，生命之花迟早会凋谢，当他离开这个世界的时候，希望大家不要悲伤，不要流泪，就当是朋友之间结伴旅游了一程，之后该怎么生活便怎么生活。

1月17日，离庚子春节还有一个星期，焱叔带着他的才情、他的诗词世界，以及对生活的无限热爱，平静地离开了我们。三个多月以来，新冠肺炎疫情肆虐全球，激发阳江文化界人士"以文为援，抗击疫情"，可其中少了焱叔的诗词激荡，不能不让熟悉焱叔的人，感到遗憾痛惜。

我认识焱叔的时候，是在他栖身"一家村"的第八个年头。

那时我参加工作不久，因镇里的文化站站长刚调走，组织上让我兼顾文化站的工作，而焱叔是镇广播站站长。因为工作，我俩很快便有了联系。

焱叔不高不矮，不胖不瘦，两块颧骨略高，一双眼睛炯炯有神。他讲话有板有眼，从不拖泥带水；处事帮理不帮亲，一视同仁。随着交往的深入，我知道焱叔是一个很有故事的人。

焱叔从小就喜欢作文和书法，读小学时，习作就常常被老师拿来当范文。1955年，焱叔中学毕业，次年应征入伍，是我国首批义务兵役制的一名战士。他在部队担任文书，并在《战士报》发表了一些文章。退伍后，焱叔想尽办法找到几本书法和诗词工具书，坚持边练习书法边钻研诗词写作。见到这两方面的方家，就虚心向人家请教。平时，在野外干完农活，没有纸墨，就以树枝为笔，以地板为纸，练习不辍。如能收集到旧报纸或旧废纸，更是如获至宝，挑灯练习。1967年，焱叔被安排到新洲公社担任广播员。此后，他一直以"红声"为笔名，参加阳东区和阳江市的各种诗词征文和书法比赛，并多次获得荣誉。

那一年的"三八"妇女节，焱叔帮镇妇联出了一期宣传墙报专栏。专栏的内容创作和抄写都由焱叔一人独立完成。专栏里他以《忆江南》为词牌填的词，我至今记忆犹新：东方亮，"三八"有遗风，挣破囚笼求解放，齐心建设好家园，无愧"半边天"。

也正是这首词，让我开始与"一家村"结缘。焱叔见我对诗词有兴趣，便有意指点迷津。我选了一个星期天，特意造访"一家村"。焱叔带我由外到里参观了一遍"一家村"。"一家村"其实就是离良洞村狮子山北端5公里左右的一处果园。果园并不算大，种着龙眼、荔枝、菠萝蜜等水果，中间留下几丘旱地种瓜豆。果园中建起一间两层小屋。屋西面搭着一个小凉亭，屋南端有一口鱼塘，塘边种些簕杜鹃、鸡骨草、兰花等。果园由于布局得当，显得有几分精致。而当我走近时，才发现远远望见的所谓凉亭，只不过是以树冠为盖，中间搭着一张星铁板，地上摆着一张桌子，周边由两道围栏做成的纳凉之所。其时正值夏天，我们坐下来品茶，清风徐徐吹来，花香芬芳扑鼻，宛若世外桃源。此后，我便成了"一家村"的常客。焱叔时常约上三五个好友谈论诗词的创作。从古体诗到近体诗，从韵律到平仄，从句式到章法，他们娓娓道来，间或穿插一些历史故事，让我如痴如醉。

焱叔很喜欢陶渊明和杜甫的诗。他经常念叨自己写的"幼小心家彭泽润，青年无忌少陵邀"诗句，对两位大诗人的人生际遇甚为感触。东晋时期当过彭泽县令的陶渊明，由于其高洁的品格，一生五度出仕，但官场腐败又让他彷徨无力。在悟透"与其违背本性来摧残自己的生命，倒不如顺应自然回归自我"之后，最终放弃仕途，归隐江湖，成为田园诗人。焱叔之所以走进"一家村"，似乎是在陶渊明的身上，得到了某种共鸣。

而自称"少陵野老"的唐代诗人杜甫，其诗词中悲天悯人的现实主义表现手法，又给了焱叔极大的影响和启发。焱叔的诗词，大多取材于身边的事物，关注乡间疾苦，情感朴实自然。他的诗较少用典，多是使用百姓熟悉的俚语，以七绝居多。每作一首诗，他都对用字造句仔细推敲，"成文隔夜重敲卷，脱稿原为未熟练"。对于他居住的"一家村"，焱叔作诗道："地图何处一家村？人到篱前不见门。阁下有缘穿野径，品茶聊笑侃乾坤。"对于每天喝茶的棚亭，他以《棚亭雨响》为题道："一家村里铁棚亭，雨点细丝落有声。时歇时歌天掌板，人生际会雨阴晴。"而春夏秋冬轮回更替的自然景物，更成了焱叔诗里的图景。如他在《春雨》里写道："东风应令窜凉亭，细雨园林绕籁声。日暖寒霜虫叫碎，纤声好调鸟吭成。"又如他在《冬日田园》写道："已无稻菽垌畴空，日历飞翻见立冬。秋实归仓风送冷，人闲土地不英雄。"他还喜欢作回文诗，别具韵味。如描写家乡寿长河景色的《春寒晚景》："天寒地湿雨潇潇，碧树春山一望遥。田垌隔河潮水涨，船移晚景渡头桥。"这些诗句，因为通俗易懂、接地气，在当地民众中间口耳相传。

  1998年，焱叔退休后回到"一家村"，有了更多时间潜心研究书法艺术和诗词创作。往往一块好的碑文，一本好的诗词集，都成为他反复临摹和借鉴的好教材。在果园里干完农活后，每天都要写上两句词、吟上几首诗，才觉得舒坦，这成了他退休后生活乐趣的一部分。每遇村里乡亲家中有喜事或节日需要抄抄写写，焱叔都欣然应诺，热心帮忙撰写对联等。他的字笔力刚劲，清秀飘逸，被不少书法爱好者收藏。

  正所谓字如其人、诗如其人，焱叔热爱生活，在与朋友相交中充满情趣。他给宗亲李奇湘画的《红荔图》题诗曰："那家红荔满枝头，诱得馋涎动欲流。辛苦到头终有报，一园妃子笑迎收。"他陪同僚老上级梁大昌回访30年前下乡的村庄，题诗道："回忆当年总下乡，如今滋味已难尝。梁生竟可重温梦，又带床铺又带粮。"

  焱叔不仅自己勤力写诗练书法，而且肯提掖后学。他经常指导村里的年轻人作诗填词和练习书法，在他和另外几位老人的带动下，良洞村成立了阳东首个乡村诗社。于笔者，焱叔也多有关爱和鼓励。我调到县直乃至市直部门工作以后，我俩常年保持着信息沟通，一年之中，我总要想方设法抽出时间，去探访焱叔和他的"一家村"。探访焱叔,首先是叙叙旧,其次是欣赏学习他的诗词和书法。于我而言,到访"一家村"是件轻松惬意的事情。在这里,没有半点名利场的气息,不需要任何的掩饰和顾忌,纯粹是老朋友老同事之间的自由交流!去年夏天的一个下午,我和几名同事到与良洞相邻的莲浪村采访,采访结束,顺道探望焱叔。走进"一家村",83岁高龄的焱叔,正手执一本诗集,摇头晃脑地与几位诗友谈古论今。见我们到来,焱叔很是开心,一边给我们沏茶,一边谈起了当年一起工作的许多往事。谈得兴起时,焱叔拿出纸墨,就着简陋的书桌,泼墨挥毫写了一首情深意切的诗:"忆得初逢不是孩,忘年互敬两无猜。兰心地老情偏厚,叠向云端接九垓。"

焱叔热爱中国传统文化,喜欢古诗词,写诗超过1500首,出了两本诗集,但没有某些文人的好胜与固执,他常说自己是一介凡夫俗子,是一个普通的书法和诗词爱好者。焱叔的思想很开明,易于接受新生事物,他在年轻时就开始学习中医药学,欲以己一技之长济世救人。当他看到文友李代文温习医药学时发在朋友圈的"八脉奇经妙,汤剂辩证开。心田勤种德,巧用世间材"一诗,生出感慨,即行和诗:"远古中医妙,新朝智未开。能医龙及凤,难有后人来!"他还有好几首诗表达了这方面的心路历程。1961年,焱叔退伍回乡后,战友来信询问其有什么打算,焱叔写了一首《七绝》:"觅尽生涯路几千,终归故里事桑田。学海文峰何足惜?医宗鉴内望他年。"向战友言明自己矢志攻克《医鉴大全》的决心。事隔十多年,焱叔用手推车在山路上拉石,听到在狮子山坡上打石的宗兄李奇飞吟唱起了这首诗。焱叔触景生情,用原来的韵先步了一首诗曰:"觅尽生涯路几千,未见春枝发我园。祈待鲜花妍下圃,不知何日与何年？"但见到无忧无虑挥动着铁锤的李奇飞，转念一想，人家作为一位对革命有功的国家干部，被错误处理后（此后得以平反），仍对生活充满乐观，便又作诗曰："觅尽生涯路几千，寻得狮山石上眠。钎锤作乐娱情雅，弹动阳春白雪弦。"焱叔后来说，正是身边这些热爱生活、奋发向上的人，鼓舞着他努力学习和工作，尽可能多地为乡亲们做些实事。

　　焱叔对后代教育很严格，他要求儿女孙辈们一定要有一技之长，自食其力，切忌成为脑袋空空的"废人"。在他的督促鼓励下，他的孙子李孟锐成长为渔船设计工程师；他的外孙女婿阿伟熟练地掌握了渔船轮机技术，成为远近闻名的机修师傅。焱叔更是一位社会改革的坚定支持者，他常说，对于一个社会的毛病，谁都会指指点点，但真正去正视问题、研究解决问题的办法，才是最难能可贵的。焱叔善于独立思考，看问题处理事情实事求是，从不为权贵而让渡自己的人格，讲的都是大白话。环境变迁，导致阳东著名的新洲石碗断泉，焱叔作诗表示惋惜之情："久违风雨万般伤，地设天成景失常。千载古泉声已绝，一方溪水欠长流。"相关方面违背经济规律，滥用权力让农户大面积种植荔枝，造成果贱伤农，焱叔作《悲荔》诗曰："荔园曾是靓招牌，今日园空荔运乖。'妃子'不知何处去，连根带叶尽为柴。"这些诗句，体现了这位田园诗人正直不阿之操守。

　　如今，焱叔已经离开我们了，假如时间可以倒流，尚有机会去"一家村"聆听焱叔的教诲，我一定会从星星垂悬的夜晚待到天明。"一家之村取其净，一人之性取其坚"，我以自己曾在"一家村"有感而发的这句话，深情地致敬李世焱先生。

（原载 2020 年 5 月 8 日《阳江日报》）

读思篇

新马泰行之思

一

新加坡、马来西亚、泰国，因为这三个国家地理位置相近，所以人们在提到这几个旅游地点时，将其合称为新马泰。

2006年12月中下旬，市里组织我市部分专家学者赴新马泰三国考察学习，笔者作为成员之一参与了此次考察。

我们出行的第一站泰国，位于中南半岛中部，其西部与北部和缅甸、安达曼海接壤，东北边是老挝，东南是柬埔寨，南边狭长的半岛与马来西亚相连。

从曼谷机场下机，乘车进入市区，但见狭窄的街道、参差的民房，甚至不时有荒芜的空地……如果不是导游特意提示，我还以为这里只是一个小城镇。泰国实行的是土地私有制，私有财产神圣不可侵犯，私有土地哪怕是闲置，政府亦不可强行侵占。

泰国是一个君主立宪国家，国王实行世袭制，是国家的象征，而政府首脑则是由民选产生的总理，代表国家行使施政权。

同时，泰国又是一个信仰佛教的国家，平时靠宗教来约束人性，维系伦理。泰国拥有大小寺庙4万多座，男性满18岁后，都得出家去当一次和尚，以修身养性，积聚功德。

往曼谷市中心走去，华丽的建筑和繁华的街区逐渐显现，当然最显赫的还要算皇宫与寺庙。我们这次参观的一个重要景点，就是位于曼谷市中心的大皇宫玉佛寺。走进寺庙，建筑物墙上镶满的金箔、玻璃和珠贝，在阳光映衬下，显得格外富丽堂皇。这里供奉着一座价值连城的释迦牟尼玉佛。每当泰国内阁更迭，新政府的全体成员都要在玉佛寺前向国王宣誓就职，以祈祷风调雨顺、国泰民安。

离开曼谷，我们驱车来到芭堤雅。芭堤雅是泰国著名海景度假胜地。素以阳光、沙滩、海鲜名扬世界。美丽的海景、奇妙的海滩、缤纷的夜生活，吸引着来自世界各地的游人。在这里，你可以在酒吧饮到各个国家的啤酒，也可以尽情地享受正宗的热带水果餐。葡萄、山竹、榴莲、火龙果等各种各样的热带水果，应有尽有。

泰国有800多万华人，约占泰国人口的一成半。进入景点、宾馆、超市等场所，随时随处都能见到华人、听到华音，让我们身处异国他乡，仍有一种在国内旅行的感觉。

我们的第二站是新加坡，新加坡是东南亚的一个岛国，面积仅为700多平方公里。进入该国，我们首先接触到的是鱼尾狮塑像。据说，塑像的设计灵感来自《马来纪年》的记载。传说在公元14世纪，一位印尼巨港王子遇到风暴，船漂流至此，他一登陆就看到一只神奇的野兽，随从告诉他那是一只狮子。于是他将这个岛国命名为狮子城。

去新加坡之前，听说该国是一个花园式国家。到了新加坡才印证了这一点。从时空观感来说，新加坡是一个精品城市，开车从南到北穿过整个城市（国家），只需一小时就足够了。但整座城市规划和建设得很好，没有看到有一处脏乱差的地方，到处是树木和公园。当地导游介绍说，新加坡是一个法治国家，现代化管理和社会文明程度不错，市民的综合素质也非常高，大家都很自觉地遵守各种公共秩序和公共卫生，整座城市显得十分和谐与友爱。

按照考察学习计划，我们来到了新加坡南洋理工大学，与校方进行了一场很有意义的互动。曾经在国内复旦大学任教过的吴伟教授，以自己的亲身感受，给我们全面介绍了新加坡治国理政的经验和做法，让我们受益匪浅。

交流完成后，在校方人员的引领下，我们参观了南洋理工大学校园。这是一所依山而建的美丽大学。校园的环境保护得很好，其中令人印象深刻的是，为了保留一处自然山坡，学校的一幢大楼，特意绕山而建。为此，建设时还多花了一大笔钱，但校方觉得这样做很值得。

最后一站，我们来到了马来西亚。马来西亚是一个由13个州和3个联邦直辖区组成的联邦体制国家。从新加坡过境到马来西亚首都吉隆坡，需4小时的车程。由于马来西亚地处赤道附近，年平均温度在26℃~30℃之间，所以沿途热带植物生长茂盛，橡胶树、棕榈树、可可树等植物，繁花似锦，争奇斗艳，让人心旷神怡。

到达吉隆坡，才知道这是一座东方色彩与西方文明有机融合的新兴大都市，这里的建筑群风格各异，千姿百态。穿街走巷，我们才深深感受到什么是庄严与肃穆，什么是雄伟与典雅。吉隆坡双子塔曾经是世界最高的摩天大楼，楼高452米，共88层。国家清真寺是具代表性的伊斯兰教建筑，也是东南亚最大的清真寺，可容纳8000人。建于1897年的"阿卜杜勒·萨马德建筑"，被视为吉隆坡乃至整个马来西亚的象征，许多重要活动在这里举行。

从吉隆坡驱车北去50公里，为云顶景区。云顶海拔1772米，是东南亚最大的高原避暑胜地，这里有庞大的酒店、游乐场和高尔夫球场等，由一位来自福建省叫林梧桐的华人创办。

我们坐在缆车上观赏云顶度假胜地，但见山峦重叠，云蒸霞蔚，林木丛生，花草繁茂，犹如天上仙景。

二

行走在新马泰，边看边听，我浮想联翩，感慨良多。按李嘉图"两优相较取其重，两劣相较择其轻"的比较利益法则，三国都扬长避短地选择发展适合国情的特色经济来参与激烈的国际竞争，凸显自身的经济发展模式。

例如，新加坡根据临港小国的特点，确立了发展以港口运输和转口加工为主的临港经济，建设国际金融中心，做大花园式城市旅游业的发展模式；马来西亚根据人口相对较多、资源较为丰富的实情，选择了发展先进工业国的目标；地处海洋性热带气候区的泰国，把发展旅游业作为支柱产业。

新马泰三国都以改善民生作为经济社会发展的目标。比如，马来西亚重视大财团的作用，但亦积极帮助中小企业主进行产业升级。此外，三国还运用区域发展的力量争取国际市场的财富，让各地能均衡发展。

新马泰三国都特别注重以法治国，强调遵守宪法，在借鉴西方宪政民主的同时，吸纳了传统儒家民本思想精华，逐步发展成为融合东西方色彩且法律与道德兼而有之的"宪政国家"。

新马泰三国都用社会平等正义的理念制定政策。比如建立系统完善的社会福利制度，包括医药保健、失业救济、老人福利、教育辅助等，让每一个人都能安分守己。同时，三个国家都致力建立健全的社会环境规范，使当代和后代的发展有一个共同良好的生存环境。正如新加坡南洋理工大学教授吴伟所说，他们追求的是均等的发展机会。

新马泰三国都善于以民族精神支柱和民族信念来教育引导和凝聚人民，并舍得花大力气实施科教兴国，尤其注重提高专业人才的业务水平和创新能力，从而使整个国家的综合竞争力有总体的提升。

新马泰三国的经验告诉我们：一个地方的发展必须立足实际，找准切入点。阳江有不少自身优势，如幅员较辽阔，自然资源较丰富，轻工业发展历史较长，特别是发展旅游业有得天独厚的环境与条件，等等，我们应因地制宜，量力而行，尽力而为，认真做好轻工业、旅游业、能源开发和临港经济等文章，并且下真功夫，"咬定青山不放松"，誓要干出成效来。

稳定是经济社会发展的基础。只有社会稳定，才能寻找发展的机遇、赢得发展的时间和空间。马来西亚采取三大民族杂居的办法，建设包容社会的经验很值得我们研讨。如果每一个项目的上马都要花上九牛二虎之力去解决矛盾纠纷，那这种发展局面将是十分被动的。因此，我们必须努力化解各种矛盾和不稳定因素，建立和谐的人际关系、官民关系，为经济社会协调发展提供优质的环境。

改善民生是根本。经济社会的发展必须从最基本的问题入手，为群众排忧解难，使群众得到最大的实惠。我们要学习三国的经验，想方设法解决医疗保险、失业救济、老人福利、教育帮扶等问题，让老百姓真心拥护党的富民政策，保证经济社会的发展始终具有旺盛的生命力。

依靠群众是关键。人是社会活动的主体。新马泰三国施政的共同点是，注意听取不同阶层民众的意见。我们在完成各项工作的进程中，也应坚持尊重群众、相信群众、依靠群众，特别要高度重视发挥各种人才的聪明才智，充分调动其积极性和创造性，使各种力量都汇成发展的合力。

发展文化是法宝。衡量一个地方有无竞争力的一个重要指标，就是看这个地方有无高素质的劳动者和高新科技产业。新马泰三国重视科学文化对国家发展的推动作用,非常值得我们借鉴。比如,只有600多万人口的新加坡,就拥有了5所世界较知名的综合性大学。当前,造成阳江经济持续增长后劲不足的一个重要原因,是教育、科技、文化等社会事业发展滞后。今后,我们应注重以人为本,把谋求人的全面发展和素质的普遍提高作为发展的根本出发点和落脚点,为经济社会的持续发展提供支撑力。

法治建设是保障。坚持依法治国,加强法治建设是经济社会发展的根本保障。在新加坡,贩卖毒品15克就要被施以绞刑,制造假冒伪劣产品就要被施以笞刑。如此严厉的法律与刑罚,可能会对新加坡的某些人个人自由有所影响,但从其施政效果来看,能使人生活在一个充满正义公道、有安全感的社会中。他们这种做法,启示我们应该严格执法,依法办事,塑造一个利于人们自由平等生存、专注创业干事的良好环境。

(原载2007年1月5日《阳江日报》)

品味读书、交友和修身

《论语》是记录千古大儒孔子言谈的经典之作。笔者放之案上,"江郎才尽"之时,常顺手翻翻,吟诵几句,聊以慰藉。于己之见,孔子在《论语》开篇中谈及读书、交友、修身的人生哲学,确实对世人颇有教益。

《论语》开篇则曰:"学而时习之,不亦说乎?"只从表义来看,此句说的是:(对知识)学了之后又时常温习和练习,不是很愉快吗?从深层次来思考,所谓"学"与"习",按《说文》的解释,前者是指对事物道理的明白,后者引申为一种实践活动,综合言之,即是明辨事物的道理并投身实践活动中去。这对每个人来说,都是极为重要的。一个人只有不断地学习和实践,才能不断地获得进步的正能量;相反,不通过学习就想获得成功,只能是缘木求鱼。

求学、做事、为人,历来有两种态度:"为己"或"为人"。2500年前,孔子就指出:"古之学者为己,今之学者为人。"(《论语·宪问》)这话是什么意思呢?——古代求学的人,是为了充实自己;今天求学的人,是为了给别人看(是为了装饰自己)。品味孔子的思想,其倡导的学问修养,其实就是对事业的勤勉奉献与积极追求,并且要言语谨慎,少说空话,以求"道正"。对于这个问题,孔子的学生子夏用了一个比喻阐述了这一观点。子夏说,各种工匠在作坊里所完成的是器物的制作,君子求学的目的是追求"道",好的学问修养,应该是每天知道自己所不知道的东西,每月都能不忘掉自己已知的东西,并把这个原则性的东西运用到社会日常的具体实践中去。这样的学问，就是"能近取譬，可谓仁之方也已"。（《论语·雍也》）这才是真正的学问。

由此可知，人的学问是日积月累而得来的，须从我做起，从小事做起，从身边事做起，并运用到正道上，然后施及他人，施及社会，不断地加以应用发挥，得以自悦其乐。

《论语》开篇次句曰："有朋自远方来，不亦乐乎？""有朋"指的是众多的志向相同的朋友。要探讨这句话的深刻内涵，应把注意力放在领悟和把握交友的原则与标准上。

从人的成长过程来看，交朋友是人生学问修养的继续与应用。健康的交友，不外乎三种情况：喜欢用礼乐节制自己，喜欢讲他人的长处，喜欢多交贤友。不健康的交友也不外乎有三种情况：追求骄纵放肆，追求游荡闲逛，追求饮酒作乐。做正人君子，就要依据健康的交友标准来确立自己的交友原则：一是"直"，即在朋友面前，能不掩己过，对方又能愿闻其过；二是"谅"，即当知道对方有过错时能原谅，并由彼此信任，建立起真诚；三是"多闻"，即在博学的基础之上，互勉互励，使友谊之间筑起一道连心桥，共同进步；四是"帮"，即在互帮互助中善意前行。"衣带渐宽终不悔，为伊消得人憔悴。"人生交朋友，不仅要经得起肌体的消瘦而不悔，更要经得起精神的憔悴而不悔。诚挚最为重要！

《论语》开篇第三句曰："人不知而不愠，不亦君子乎？"意思是说，别人不了解我，我也不怨恨、恼怒，不也是个有德行的人吗？显然，这是教育人们，做人要做正人君子，要在仁、义、礼、智、信等方面下功夫。

《论语》提出了以"仁"为核心的道德思想体系，孔子身体力行，致力于道德教育。关于"仁"的思想内涵，《论语·里仁》篇记录了孔子两段深刻的话。

其一，孔子曰："不仁者不可以久处约，不可以长处乐。仁者安仁，知者利仁。"其意思是，没有仁德的人，不能长久地处于贫困之中，也不能长久地处于安乐之中。贫困与安乐是人生相参的顺逆两境，在现实的社会生活中，不少人因不能够正确对待而走上违法犯罪的道路。

其二，孔子曰："惟仁者能好人，能恶人。"这是"仁者安仁，知者利仁"的继续与发挥。其意思是：只有仁爱的人才能喜欢人、憎恶人。"仁者"是君子修养的最高标准，但并非是非不分、义理不辨的"好好先生"。如果是非不分、义理不辨，混迹其中，势必会身陷囹圄，无法自拔。

那么，"仁者"所憎的是什么样的人呢？按孔子的想法，就是讲别人坏话的人、自己下流却诽谤向上的人、把不谦逊当作勇敢的人、果敢而不通事理的人。由此可见，孔子说的"惟仁者能好人，能恶人"，其最重要的意义在于，君子内心要始终装着一杆秤：激浊扬清、弘扬正气、远离邪恶。

孔子一生重知命、知礼、知言。他说："不知命，无以为君子也。不知礼，无以立也。不知言，无以知人也。"（《论语·尧曰》）知命，并非君子修养的躯体之命与上天之命，而是君子自知的德能之命。孟子说的"生于忧患，死于安乐"，才是君子修养的"八字"之命。知礼，礼是中国封建社会维持统治秩序的纲纪。演绎到现代社会，它包括人心之德礼与制度之法理。君子要在社会活动中立身于世，畅行天下，就必须知礼守法，否则将会为社会所淘汰、为后人所唾弃。知言，言语是人的活动最直接的表现，反映君子学问修养的重要尺度。君子有勇者不惧的高贵品质，在实践当中，以"仁"为准绳，永不息止地勇猛进取，即有自强不息的精神。"众里寻他千百度"——君子确实难求，要成为君子不容易；"蓦然回首，那人却在，灯火阑珊处"，回头一看，君子就成长在万家灯火百姓之中，与百姓打成一片。

（原载 2015 年 8 月 5 日《阳江日报》）

本土民俗文化的存亡

多元化不仅是现代社会的特点，也是文化的特色。沧海桑田，民俗文化的形成往往要经历漫长的过程，随着时空的变化，阳江民俗文化正在迅速走向退化。保护民俗文化已经成为地方发展进步的应有之举。

阳江民俗文化是否正在逐渐走向衰亡？要回答这个问题，首先还得从文化的概念说起。什么是"文化"？广义的文化是指人的人格及其生态的状况反映，其包括人类创造出来的所有物质财富和精神财富的总和。民俗文化，是指文化中的精神财富部分，其包括人们在社会实践和意识活动中长期育化出来的伦理道德、价值观念、宗教信仰、风俗习惯、语言风格等内容。也就是说，文化的孕育与传承，需要有一个相互衔接的时间和空间。没有了特定的环境氛围，文化就会随之消亡。记得小时候在乡下过春节，从年初一开始，一连几天，左邻右舍的大人们轮流着帮各家做炒米饼。一大摊子人拥在一起，一边协作，一边笑谈村里新近发生的新鲜事。如，哪家最近添了男丁？哪家今年经营何种生意发了财？盘算着栽种何种作物最合算，诸如此类，大家相互交流信息，相互享受传统节日的休闲。孩子们则成群结队尾随着过来拜年的舞狮队，走村串巷，时不时还点上几串鞭炮，尽情地享受孩童的乐趣。到了年初七，各家各户又都到野外去"踏青"，捡回各色青菜，煮成一大锅，然后男女老少围在一起"尝鲜"。总之，过年就有过年的样子，整个村落一片欢乐、祥和，到处洋溢着人情味。现在，这种原汁原味的乡下过年文化恐怕已经是我辈的一种奢侈品了。在城里，人来人往的社区替代了古朴大方的村落，坚厚的"水泥柱"和稠密的"蜜蜂笼"隔绝了草根社会那种宗族、亲朋和乡里情愫，人与人之间变得越来越陌生、契约味显得越来越浓重。怪不得我和儿子回乡下过了一个春节，儿子就念念不忘乡下那种快乐，把寻求回乡下过年当作最开心的事情。

环境的变迁、破坏，必然会导致民俗文化的式微、衰落和异族文化的侵入、占领。在今天，我们已经越来越难感受到阳江为什么叫阳江。且看被喻为中国情人节的元宵节，街头冷冷清清，可到了西方情人节到来的那一天，东门街头、石湾南路却人山人海，鲜花簇拥，成了情人互献殷勤的场所。

说到这里，我想，阳江民俗文化是否已走向衰亡？相信已经是不言而喻了。

阳江民俗文化为什么在生活中渐行渐远？笔者曾对这个问题做过认真的调查和思考。要回答这个问题，还得从社会结构的重大变迁说起。改革开放以前，以干部、教师、医生等公职人员为主体的知识分子阶层，实际上成了地方特别是社区和乡村的精神领袖，他们通过言传身教，感染邻居，教化风气，安抚一方。可以说，没有知识分子就没有居民社会，他们是社区中最具道德权威和影响力的"保长"，正是经过他们的不懈努力，社会与国家之间才得以相互沟通。改革开放之后，计划经济迅速转向市场经济，导致社会结构急剧变化。大批私营企业主、非公有制经济管理人员、技术人员、律师等逐渐发展成为社会的"新贵"，并且出现了专业化和精英化的趋势，他们逐步取代了传统知识分子的社会地位。特别是在农村，相当一部分的农村知识分子已经流转到了城市，文化的传播随之而失色。我们老一辈人都知道，阳江乡下有一种习俗，凡是到外面当官或经商的人，都得为桑梓做一些公益事情，或给农村老家捐一些钱物，或定期回家乡讲学，以此作为自身"告老还乡"的提前投资，这种做法，俗称为"烝偿"。但是，当今城市化的发展，农村精英进城后，即使从岗位上退下来，也不再返回原地居住，所谓的"烝偿"规矩也就被彻底打破。在城里也是如此，这些年来，我们片面地理解"发展"，把经济和文化的发展割裂开来，常常是泾渭分明、此长彼短。现在，虽然城市慢慢地成长了，但没有很好地呵护文化古迹、文化习俗，也没有认真地进行社区功能的建构，"小政府大社会"只是停留在口头上。如在城市开发建设的过程中，"南门街""青云路"这些珍贵的老牌坊都被毁灭了，群众喜闻乐见的"北山山歌擂台""东平咸水歌对唱"等传统节目失真了，就是有所组织，活动背后却充满了商业色彩和铜臭味。真正悦民意义的传统节目只能在童年遥远的记忆中找寻。由于传统宗族社会、邻里关系被瓦解后，新的社区社会和市民关系又构建不起来，民俗文化社会几乎变成了一片真空。民俗文化是一个"魂"，这个"魂"一定要依附于某个"体"，这个"体"就是具有某种特定结构的社会，这是此地方不同于彼地方鲜明标志的社会，没有了这个社会，民俗文化就如无主孤魂，只能在观念的形态里飘荡，无法落到日常生活层面去。久而久之，民俗文化就会在生活中渐行渐远，直至消亡。

　　要传承民俗文化还需政府和民间共同努力。就政府而言，最重要的一点就是要有长远打算，进行体制创新，成立民俗文化工作专家委员会，聘请各领域专家代表为委员，负责对民俗文化进行重新布局的规划论证，并将规划法律化、制度化，然后分步推进实施。如阳江方言这种公共交往工具，具有公共性且必须遵循一定的语言规律，就应该集中人财物力进行集体研究创作，拿出一套规范的东西来，否则，一人出一本方言字典，叫后人以哪一本为准？当然，抓紧抢救地方方言是对的，除了出一本规范高质量的字典，还应该运用田野调查、数码录音等各种综合手段来保护方言。就群众而言，阳江人应该发挥主体作用，尤其是从事文化工作的同志要克服功利、浮躁的毛病，真真正正沉下去，一步一个脚印地做工作、搞研究。相信通过官民共同努力，阳江民俗文化的传承一定会有美好的前景。

(原载 2016 年 9 月 6 日《阳江日报》)

引沧浪之水兮 濯吾缨洗吾足

笔者是读廖绍其先生的杂文长大的。还在求学期间，已经在报纸杂志散读过绍其先生的不少杂文，这次为参加研讨会，较为全面地浏览了绍其先生的作品，内心深处还是泛起了涟漪。

能让人掩卷沉思的，方为好书。绍其先生的三本杂文集，正是这类佳作。中国向来有"文以载道"的传统，白纸黑字中，蕴藏着人世间最为磅礴而迷人的力量。《河东河西》《冷血热血》《风声雨声》，正是绍其先生对历史的反思、对现实的针砭、对人生百态的感慨、对文学艺术的品鉴……这些文字，既有他的热血，又有他的思辨，更有他的情怀和赤子之心。无论翻阅哪一篇，总能勾起我的情绪、激发我的思索，这样的阅读体验，可谓赏心悦目。黄环，本是一味产于蜀地的中草药，《神农本草经》有云：黄环味苦平、有小毒。绍其先生取"黄环"为笔名，读者由此亦可知其文章风格于一二。正所谓文如其人，和绍其先生相识已久，尽管有近廿载的年龄之差，我们早已结下了深厚情谊。绍其先生涉猎广泛、嗜书如命，而笔者工作之余也爱读写练笔，彼此算得上"文友"。绍其先生是阳江日报社的资深记者、资深编辑，2015年笔者调来阳江日报社工作，这段共同的经历让我们有了更多的话题。

谈古论今、囊括万千，遍览绍其先生所著的三本杂文集，深深为他涉猎之广、钻研之深、行文之精所折服。"读书破万卷，下笔如有神"，倘若胸中没有深邃的知识海洋，断不能以如椽之笔行云流水般书写出如此漂亮的文章。历史风云、街谈巷议、社会百态、文学艺术、新闻热点……绍其先生正如一位徜徉在四维空间的旅行者，思维跳跃、客体多变，无论是大人物的命运，抑或小市民的悲喜，在他笔下都娓娓道来、有血有肉。字里行间能看出，绍其先生酷爱历史但又不囿于故纸堆，他读史乃是为现实问题追根溯源，进而"引沧浪之水"给世人"濯缨洗足"，开好医治世态炎凉的"处方"。贝奈戴托·克罗齐说："一切历史都是当代史。"和当下部分惯于"解构"历史、"戏说"历史迎合市场口味的人不同，绍其先生读史、写史、论史，除兴趣使然外，更多的动力乃是来自他对大千世界的忧愤。知识分子存在的根本，正是让社会变得更好、让人活得更有尊严，科学工作者靠技术改变世界，文字工作者靠精神改良人心，绍其先生所做的，正是后者。

读绍其先生的书，不独为故事所吸引，更为作者的睿智而折服。书中所提之事，久远的已千秋邈矣，但作者的反思却散发出手术刀式的寒光，直刺社会症结所在。《河东河西》这本书名取自"三十年河东，三十年河西"，正如作者所云："有人世沧桑、变幻莫测之感慨。"《耻辱柱·纪念碑》一文，对克拉玛依大火映照出来的道德沦丧深恶痛绝，耻辱柱和纪念碑，代表的正是人性恶与善。《朱元璋散论》大概是本书最长的一篇文章，个人也觉得最为精彩，读到共鸣处不由自主拍案叫好。绍其先生洋洋洒洒数千言，把一个残暴、专横、多疑、嗜杀、复杂的明太祖朱元璋刻画得活灵活现，非有相当明史功力不可为之。

底气十足、练达人情、雄辩有据是杂文作者的硬功夫。绍其先生习惯于文末得出个人结论一二，只要读者诸君细读下来便会深以为然，何也？正是文章以理服人。如《冷血热血》中《夜郎遗风不可长》一文，对曾畅销一时、点燃无数青年"热血"的《中国可以说不》予以冷静剖析。绍其先生在该文中说："从大局着眼，中国的危机，总体说来，不在外患而在内忧，这不但为近百年屈辱史所证实，也为共和国成立以来的坎坷史所证实。"窃以为，这句话是绍其先生睿智的最佳佐证之一，他还建议应写本《中国人应该说不》警醒国人、自我解剖，这在多年以前发表的观点又是何等智慧！"议题较为广泛，论初衷，也无非是希望社会进步，大家更好过些而已。"恰如绍其先生在《河东河西》跋中自陈，这便是他写作杂文的原动力，也最为笔者所感佩。

绍其先生之文，不独汪洋恣肆，也颇具春秋战国诸子的纵横捭阖、旁征博引，有洞悉世事风水之沧浪。他既是细致的观察者，又是敏锐的发现者，更是深邃的思考者。生活中的绍其先生，悲天悯人而又真诚地热爱着世界。很难想象，一个迟钝而麻木的人，会用心观察生活；很难想象，一个对祖国和家园没有热忱的人，能用情去反思历史。读绍其先生的大作，无时无处不感受到他的沸腾之血、犀利之眼、哲思之脑，文章是有生命的，他的每一个字符都因跳跃着时代脉搏而生机勃勃。如《河东河西》杂谈篇中《荀子的世故》一文，从春秋诸子到梁山好汉，作者辨析中国人的处世之道这一古老而恒新的命题。《贵族、贵族学校及其他》《贾政的悲哀》《回流与退化》《"马桥之争"想起鲁迅"剽窃案"》等文，从单一社会现象或阅读体验，作者刨根问底、思维辐射，精准地指出了问题本质所在。

既有微观剖析，也不乏宏大叙事，绍其先生的文章总能给笔者惊喜，尤以《荧屏、口述识日本》《遭遇古拉格群岛》两文令笔者印象深刻。日本和俄罗斯，无疑是对近代中国历史影响最大的两个国家，厘清他们国人的民族性格，对我们今后的因应和国运兴衰有着异乎寻常的意义。绍其先生的结论和笔者不谋而合：日本人最大特点便是崇尚强者、从不怜悯弱者；俄罗斯人血液里的扩张因子更是千年不衰。通过《古拉格群岛》这部巨著，绍其先生走近了索尔仁尼琴这个被誉为"俄罗斯良心"的伟大作家，而从作者对"古拉格"一词含义不懈地探寻，又可见其做学问的严谨态度。

  一本书值得读，须有丰富的知识和深邃的思想，但要让人读下去，则离不开动人有趣的文风。绍其先生的书正是如此：它固然深刻，但绝非故作姿态，不经意间便能捕捉到作者辛辣而不失风趣诙谐的一面。如《老猪的心愿》一文，通过拟人的手法让猪自述，实则表达作者对彼时社会治安欠佳、贪腐和假冒伪劣产品泛滥等问题的不满。语言俏皮让人忍俊不禁的同时，又成功引起读者共鸣。《鼠的自白》中，又以一只小鼠的视角批评人类诸多恶习和丑行，寓教于乐、别开生面。绍其先生的每篇文章，皆是发乎情，然而他并非仅仅嗟呀一番，而是真正有所感、有所悟、有所得，这正是我们读书做学问应有的态度。写书是件苦差事，写杂文更要吃得苦中苦、克服难中难。一位杂文作者不仅需时刻与世俗丑恶为敌，更得有对大千世界忧愤和反思的灵性，绍其先生几十年如一日坚持写作，何其不易！或许，支持他一路走来的正是这句话："过去多接触了鲁迅著作，不由自主向杂文靠拢，杂文的价值恰如啄木鸟，倘一味歌功颂德，娱乐升平，自有喜鹊和黄莺在。"好一只辛勤的啄木鸟！啄出社会之弊、啄出人类之疾、啄出历史之鉴……啄出来的是浮油，是污垢，留下来的却是高扬的红缨，茶余饭后，我们亦因此多了一丝精神慰藉和正气依皈，这也许是绍其先生对芸芸众生的一种功德。"老骥伏枥，志在千里。"绍其先生虽年过古稀，沧桑遍历，但依然精神矍铄、思维敏捷，创作激情未有丝毫消退迹象，相信他定会给读者带来更精彩的文章、更哲理的思考、更存世的价值。

　　研讨会召开在即，绍其先生叮嘱笔者一定要说几句。作为晚辈来评价前辈的文章，于笔者来说，本已不易，再加上近段时间忙忙碌碌、柴米油盐捞心，心力和底气多有不支，思虑作言纯非易事，但阅读三本杂文集后，内心早已是风起云涌、思绪难平，遂匆匆作感言，算为快事一桩。总之，"心事浩茫连广宇，于无声处听惊雷"，用鲁迅先生的这句诗，作为读罢绍其先生杂文感想的结语，我想，于笔者而言是最恰当不过的了。

（原载2018年出版的廖绍其作品研讨会论文集《雪泥鸿爪》一书）

独钓寒江雪

参加完中山大学主办的戴裔煊先生诞辰110周年纪念活动，已是傍晚时分，一个人走在深秋的金山湖畔，看见湖边一位老人在挥竿垂钓，想着几日来所闻戴先生的生平事迹，此情此景，着实让我心绪难平。戴先生是从漠阳大地走出的杰出学者，视其一生，不论顺境逆境，生命不息，追求不止，如同柳宗元笔下那位"蓑笠翁"，在"独钓寒江雪"。

平民学者　家国情怀

地理环境是人类赖以生存和发展的物质基础，也是产生人类意识和精神的基础。漠阳江流域自成体系，独特的地理环境和人文情愫，孕育了光辉璀璨的漠阳文化。阳江是一座镶嵌在祖国南海之滨的"四美之城"。海丝文化的"蓝色之美"，是阳江文化底蕴和根脉所在，阳江在宋代便是海洋贸易重要的转运港，从古至今保存着丰富的海洋文化；"古风之美"以"巾帼英雄第一人"冼夫人为代表，鼓舞着漠阳儿女热爱家乡、报效祖国；"水绿之美"是湖光山色、依山傍水、山清水秀；还有千百年传承的工匠精神，蜚声中外的阳江风筝、漆艺和刀具，体现的是精益求精的"技艺之美"。

戴先生是土生土长的阳江人，其人生必然受到这种人文环境的熏陶和浸润。然而，先生的早年却是困顿的，他生活在动荡年代，家族屡遭变故。其祖先"世代贫寒，无力就学"，祖父只读过三个月夜学，因交不起学费最终被塾师赶走，父亲读书四年已算是极不容易，到戴先生出生时，家境才稍微好转。

历经困苦，戴先生一心向学的本心却从未改变，孤身一人做着学问的苦行僧。1927年以前，戴先生在阳江县城镇先后受过私塾、师范附设高小、初级师范教育，诵读四书五经、诗词古文。戴先生后来在自传中写道："语文老师不少是清末科举中的有名人物。"在他曾任教的广东两阳中学，至今仍然颂唱着由他作词的校歌："髻山之阳，漠水之将，我校矗立，南国之光……"他创作的校歌激发着两阳中学无数学子奋发读书，努力攀登学问高峰，将永久地铭刻在两阳中学校史和阳江教育史上。

史学人生　经世致用

戴先生治学精勤，视野弘阔，在世界古代史、中外关系史、民族史、宋史、明史和澳门史等研究领域都取得了卓越成就，尤其在研究中葡关系史和澳门史方面，成了这一领域的著名先驱。他曾说："我研究澳门史，就是为了证明澳门自古以来就是中国的领土，中国完全有权收回澳门。"关于葡人入据澳门的年代问题，因他的精勤探索而真相大白。他带有开创意义和奠基价值的研究，为澳门回归和中葡谈判提供了宝贵的学术支撑，堪称为后世开太平的创举。

"文革"期间，在图书馆关门、科研工作停顿的情况下，戴先生利用早已搜集的近百种中外文资料，写成了《〈明史·佛郎机传〉笺正》，追寻书本的来源出处，纠正其错误，订补其漏略，所用资料大都根据早期的中国记载，尽可能利用原始资料，如未发现中国资料则考虑取材于外文，全篇洋洋8万字。这部考释性的学术著作，已经成为今天研究早期澳门历史的必读之书。

据戴先生的学生、中山大学章文钦教授回忆，戴先生后半生倾注心力最多的学术领域，一为中葡关系史和澳门史，一为中外关系史。中外关系史尤其是海外交通史的研究，几乎与戴先生的整个学术生涯相始终。戴先生早年已考释过"阿拉伯"名称在中国古籍中的转变，中年之后，又以"宋代三佛齐重修广州天庆观碑记"为研究中心，阐述了中世纪中国与南海诸国的友好交往和贸易关系。同时，戴先生进一步拓展领域，提出中国是世界上最早发现和利用石油的国家之一的观点，并研究了中国铁器和冶铁技术西传的历史。

从戴先生传世之作《宋代钞盐制度研究》可探寻其治学之道，他曾在自传中说："家乡南恩州是宋代以来双恩盐场所在地。宋代外患迭作，军费浩繁，国家在风雨飘摇中能支持三百余年，盐起着重大作用。抗战期间，国土沦陷，金瓯残破，无异宋时。目睹双恩场盐运紧张，自觉文弱书生不能执干戈以卫社稷，持七寸毛锥子也应有裨于国计民生。北宋范祥以制置解盐法著名，因以宋代钞盐制度为题，试用民族学家提倡的纵横两面探究途径，阐明这种制度产生发展变迁与时代环境的交互关系及其所起的作用与影响。"此书运用纵横研究法，将宋代钞盐制度作为一种重要的社会经济制度，置于当时社会经济的大背景下进行研究，探讨其利弊得失；提出了官盘官卖制盐利主要归地方，钞盐制实行通商盐利则归中央的论断，给为政者治理经济提供了历史借鉴。

爱国爱家、为天下苍生求学问，是中国传统知识分子心底的"压舱石"。面对浮尘凡世，没有如此责任，绝对不可能安下心来坐"冷板凳"。戴先生传承华夏知识分子潜心向学的优良传统，是一位纯粹的学人。他的学术生涯中，绝大部分时间都泡在图书馆和书斋里。谈起恩师形单影只研究澳门史的那段经历，学生蔡鸿生教授感慨地说："没有项目、没有招牌、没有团队、没有经费，却做出了卓越的成果。"我想，戴先生正如那独钓寒江的"孤舟蓑笠翁"一般，心无旁骛醉心研究，不受外在因素的干扰，这种境界令人钦佩。

书法方家　谦谦君子

戴先生的后人、同事、学生忆及关于他的许多往事，无不提起戴公淡泊名利、求真务实的品格。熟识他的人都知晓，先生以读书、著书、教书为平生乐事，勤于治学而拙于治生。然而，撇开博学多识的学者、德高望重的师者身份，先生还是一位耿直真诚、谦和低调的人。他常对学生说："我对所研究的东西，知道一点点，对未研究的东西一无所知。"他在自传中写道："像我这样的人，业绩不专，又不成家，同志们侪我于专家之列，声闻过情，君子所耻，过蒙奖借，能不汗颜？"相比当下一些所谓的学者专家，戴先生的谦德尤显珍贵。

在纪念活动中，戴先生的学生林雅杰告诉大家先生鲜有人知的头衔：书法家。1962年，林雅杰考进中山大学历史系，第一节课上的是《世界上古史》，授课老师便是戴先生。在课前，另一位老师对戴先生做了特别介绍：戴老师除了在学问上很有成就，还是一位知名书法家，他的书法作品曾在早期的《广东省志》上刊登，相关作品还被《广东历代书法图录》收录。我曾有幸见过先生的笔墨，笔酣墨饱，的确是上乘之作。为什么先生的书法功力深厚，知道者却寥寥无几？我想这和先生的低调为人分不开，他是一名做学问一丝不苟，做人却低调谦虚的人。

种种事迹反映出戴先生之学问人品，也让人深切感受到"越有学问的人越谦虚"。戴先生晚年的论著，都是在长期患高血压的病痛中完成的。他在精神生产中表现出来的"春蚕"式劳动，对后学者是可贵的激励和鞭策。

德高为师　身正为范

在纪念活动中，戴先生的学生和与他有过学术交流的同事、后辈，谈起先生讲课时的情景，像一幅画卷在我们面前徐徐展开。我们仿佛看见衣着朴素、不苟言笑的老人站在课堂上，声音洪亮，语调抑扬顿挫，讲到动情之处闭上眼睛，满脸投入地背诵史料，一节课下来已是汗流浃背……

戴先生的学生李鸿生教授回忆，外人觉得戴先生是位不好接近的老师，其实他待弟子如自家子弟。每次课休时间，学生向他请教时他都热情且耐心，逐字逐句地分析，不遗余力地为学生释疑解惑，并推荐相关史料和书籍让他们课后阅读。李鸿生说，戴先生上课从不用讲稿，引经据典，信手拈来，每次上他的课都要提前占座，到场的学生都是全神贯注，生怕漏听了先生的教诲。

在他们的讲述之下，我看到了一位纯正的学人和值得尊敬的师者——讲课从来不照本宣科，总是带有自己的学术观点，坚持使用一手材料，扎扎实实地做学问。戴先生的学生说，几十年的授课生涯，先生从来不会完全沿用往年的教案，而是不断地更新、修改，增加新的内容。先生常说，因为每年都有新的研究成果加入其中，所以要把最新最全面的东西传授给学生。

戴先生是一位低调严谨的学者，无论教学还是研究，皆秉承实事求是的精神。也正是这样的一位教坛巨匠，培育出一代又一代的能人后辈，传承着他的学人精神。戴先生曾对同乡学生关履权说："钻研学问，是为了提高自己，而不是为了炫耀于人。一个人的学问，自有公评。"这是真正的大家之言。做学问的确不能"短视"，不能束缚于狭隘的功利主义，可如今潜心做学问的，又有几人能如先生这般？戴先生坚持真理，不阿谀奉承，不随波逐流，不说违心之言，这些品格值得当下为师者学习与深思。

　　为了加深对戴先生的了解，最近，我与同事循着戴先生的足迹实地走访，意外寻获《戴裔煊自传》手稿，找到了戴先生的侄子戴仕政。聆听77岁的戴仕政讲述戴先生的生前故事，我们对这位逝去的大学者又多了一层了解。戴先生的治学精神永远值得后人学习，我们不仅要继承好他的学术成果，还要继承好他的学人风范，把漠阳特色文化发扬光大。

（原载2018年10月20日《阳江日报》）

独立人格造就伟大作家

　　文学艺术高于生活，但必须忠于生活。文学艺术工作者在对生活进行艺术加工的时候，唯有坚持职业操守，遵循"加工原则"，严防利己主义，才能完成真正意义上的创作。在人类的历史长河中，出现过的作家如恒河沙数，但堪称伟大的作家并不很多，而称得上伟大的作家，没有一个不是洁身自爱、保持独立人格的。于他们而言，名利不过是自己创作出优秀作品的"副产品"。

　　我国浪漫主义文学奠基人、伟大诗人屈原，因楚怀王昏庸而备受朝臣排挤，满腔报国热情的他虽被流放仍初心不改，绝不与黑暗同流合污。若没有这种精神，也不会有《离骚》《九歌》《九章》《天问》等一批赤子之作问世。两千多年前的"三闾大夫"堪称伟大作家。所以，在其逝世2230周年的1953年，世界和平理事会通过决议，确定屈原为当年纪念的"世界四大文化名人"之一。时至今日，中华民族仍然习惯在每年端午节，以特殊的习俗来纪念他。

　　司马迁在满朝文武噤若寒蝉的肃杀中，挺身而出为李陵战败投降辩护，最终触怒汉武帝而惨受宫刑。正是这种不畏权贵的独立人格，支撑他写出了彪炳千古的《史记》，鲁迅誉之为："史家之绝唱，无韵之离骚。"2100多年过去了，昔日的王侯将相早已化为黄土，"太史公"却伴随《史记》永远让人铭记。

　　1964年10月22日，著名哲学家、文学家，法国人让－保罗·萨特成为历史上首位拒绝领奖的诺贝尔奖得主。萨特拒绝瑞典人的理由，至今仍掷地有声："我拒绝荣誉称号，因为这会使人受到约束，而我一心只想做个自由人，一个作家应该真诚地做人。"

　　全世界无产阶级和劳动人民的革命导师马克思，才华横溢，不为资本家著书立传，却为劳苦大众鼓与呼，穷困潦倒之时要靠恩格斯接济过活。《资本论》《共产党宣言》横空出世，马克思发出的"资产阶级的灭亡和无产阶级的胜利是不可避免的"伟大宣示，永远激励着全世界劳动人民为实现社会主义和共产主义理想而奋斗。人们赋予马克思的头衔众多，但毋庸置疑，他首先是一个有独立人格的作家。

一部《平凡的世界》，鼓舞了一代又一代中国青年在社会变革中勇立潮头。改革开放洪流滚滚，路遥没有像其他人一样被物质诱惑冲昏头脑，而是弯下身子倾听广大劳动人民最真实的声音，最终创作出不朽的作品。路遥的生命虽然只有短短42年，但独立的人格让他保持了文人的清醒和思考，《平凡的世界》的强大感染力正来自这种清醒与思考。

今日之中国，高楼大厦遍地林立，民族精神的殿堂也应巍然耸立。鲁迅先生说："要改造国人的精神世界，首推文艺。"只有涌现出更多伟大的作家，创作更多有筋骨、有道德、有温度的作品，方可书写和记录人民的伟大实践、时代的伟大进步。作家是对生活进行艺术加工的人，要始终弯下身子感受现实生活，才能获取源源不断的鲜活素材；作家又必须是干预和引领生活的人，需要仰望星空，需要保持强烈的忧患意识，敏感地发现新现象、新趋势，为民族的前途、人类的命运进行深入思考，并不断提出疑问，这样才能创作出伟大作品，才能成为伟大作家。

当前文学创作最突出的问题是什么？应该是浮躁与功利。根源就在于不少作者失去了"争智于孤"的局面，而纷纷"争名于朝"或"争利于市"。一旦进入名利场，创作者便心甘情愿地成为其他事物的附庸，何谈人格独立、思想自由？一旦作品被当成了"摇钱树"，文化垃圾泛滥成灾，不知用多少时光才能将其"降解"。

低俗不是通俗，欲望不代表希望，单纯感官娱乐不等于精神快乐，"泛娱乐化"文学就像软性毒品，一旦大行其道，不仅严重损害文艺创作环境，还将腐蚀民族的精神大厦。评判一个时代的文艺成就，往往要看涌现了多少伟大作家；而衡量一个作家，唯一的标准就是作品的质量。凡是传世之作、千古名篇，必然是笃定恒心、倾注心血的作品。贾岛苦吟传佳话，杜甫结庐成诗篇；"以一人之力，将中国科幻文学提升到世界级水平"的刘慈欣，其巨作《三体》也是在山西小城阳泉冥思苦想而完成的，从连载到三部曲终结，前后凡五载。

当然，坚持独立人格、自由思考的伟大作家，并不是"躲进小楼成一统，管他春夏与秋冬"。毛泽东同志在延安文艺座谈会上指出："为什么人的问题，是一个根本的问题，原则的问题。"文学作品要始终坚持为人民服务、为社会主义服务这个根本方向，以人民为中心，始终倾注心血关注社会现实，与人民同呼吸共命运，才能写出接地气、有温度、有品质的作品，经得起专家评价、人民认可和时间检验。

进入新时代，960多万平方公里的广阔土地上，有着5000年辉煌历史的中华大地，正在发生着深刻的变化，14亿人民日益丰富的生活，为文学创作提供了深厚而肥沃的土壤。只要我们向着人类最先进的方向注目，直面当下中国人的生存现实和奋斗实践，保持独立人格、善于思考，就一定能获得源源不断的创作灵感和汹涌澎湃的前行力量，写出无愧于时代、无愧于人民、无愧于历史的伟大作品。

（原载2019年12月29日《阳江日报》）

清明时节话死生

又是一年清明时,漠水两岸细雨纷飞,思念如潮水般涨起。

刚刚历经国内新冠肺炎劫难,疫情又在全球范围内多点暴发之际,这个与生死扯不清瓜葛的中国传统节日,增添了别样的滋味。

清明节是中华民族传统祭祖和扫墓的日子。在往年,每逢节日来临,平时散落在异国他乡的中国人,都会怀着一种慎终追远、缅怀先人的心情向故土集拢。扫墓,民间称"上坟",是清明最具代表性的文化符号。对生人来说,是一种祷告和祈求;而对于死者来说,则是一种礼遇和慰藉。唐代著名诗人杜牧的《清明》诗:"清明时节雨纷纷,路上行人欲断魂。借问酒家何处有?牧童遥指杏花村。"记录着千百年来这个特殊的中国式图景。

然而,今年由于新冠肺炎疫情影响,我们不提倡回乡祭扫,更多人采取网络拜祭、委托祭扫或者居家缅怀,绿色文明过清明,所谓心中有情,不分远近,不论形式。

俗语说:"好死不如赖活着。"对于死亡这个话题,平日里国人讳莫如深、诸多顾忌。记得小时候,大年初一,要是谁开口说了个"死"字,长辈一定会说你"无识好丑",让你吐口水讲过,甚至会给你一个"菱角"(一种用弯着的手指敲脑袋的处罚方式)。

翻开厚重的中国历史,死亡观是传统文化里浓墨重彩的一笔。春秋战国时期,以儒家和道家为代表的死亡观已经形成。儒家建立了一整套以道德价值为核心的死亡观,主张通过舍生取义,在精神上超越死亡。这种积极入世的生死观,通过树立崇高目标给生命确立价值标准，提供行为规范，是人类社会文明进步的标志。从此，死亡便有了崇高与卑贱之分。与儒家相比，讲求出世的道家，对待死亡的态度就潇洒得多。道家主张把万物归结于"道"，"道"法自然，凡事不能强求，生也自然，死亦自然。受此影响，古代统治者连处斩要犯，也要讲究"天道"。《春秋左传》有这样一句话："赏以春夏，刑以秋冬。"《管子·四时篇》也提出："刑德者，四时之合也。刑德合于时则生福，诡则生祸。"大意是，春夏是生的时节，草木正茁壮成长，这时候执行死刑是逆天而行；而秋冬是杀的时令，草枯叶落，在秋后处决死刑犯，是顺乎天意。

当然，中国历史的时空，绝大部分是以皇权为中心，连死亡也浸透着深厚的伦理道德色彩。正如鲁迅先生说的，几千年的封建礼教是"吃人"的。而对于世俗社会来说，老百姓的理解就直观得多。在封建专制的高压下，底层劳动者无法主宰自身的命运，便把理想和希望更多地寄托于来世，把未知的将来塑造成了一个极乐的世界。

如果说儒家和道家是国产的东西，那么，佛家则是进口产品。佛教从汉代自古印度传入我国，创始人释迦牟尼曾为古印度迦毗罗卫国的王子，其经过苦修，认为人不只是有一"生"，而有无数的生死轮回。从而教导人要在现世压抑自己的欲望来修行"涅槃"，以求超脱六道轮回的痛苦，得一个好的来世。

在梁启超看来，在封建时代，中国历史上能称得上圣人的只有"两个半人"。春秋时代的孔子和明代的王阳明各算一个，另外半个是清代的曾国藩。以他们这些时代英豪为代表，秉承了儒家以道德价值为核心的死亡观，通过立功、立德、立言达到修身、齐家、治国、平天下的目标，他们在世的贡献超越了个体的死亡，推动着华夏文明不断走向辉煌。因此，国学大师季羡林认为，人生的意义与价值就在于对人类发展的承上启下、承前启后的责任感。

　　进入近现代以来，国门的洞开，让国人接触到了更多的宗教和生死观。在中国共产党的领导下，国人更多地接受了马克思主义的唯物史观，众多无产阶级革命家和革命先烈的死亡观是儒家死亡思想的传承，他们站在无产阶级和人类解放的高度，抛头颅，洒热血，为人民谋幸福，是马克思主义科学死亡观的忠实践行者。这次阻击新冠肺炎疫情，中国涌现了许多舍生忘死的英雄，他们如同连骨灰都洒到大海的周恩来等老一辈无产阶级革命家一样，以小我之力成就社会大爱，把有限的一生投入无限的为人民服务之中去，具有中外以往任何死亡观所不能达到的境界。

　　今天，世界处在百年未有之大变局，挑战和机遇并存，每一个中国人都应该发扬"先天下之忧而忧，后天下之乐而乐"的精神，积极投身新世纪为实现"两个一百年"奋斗目标的伟大事业中去，做中国儒家传统文化的传承者和马克思主义的忠实践行者。

　　回过头来说，人固有一死，死是自然的必然性，是任何人都不可避免的。这一点，对于每一个人来说，都是绝对公平的。古往今来，谁也不可能活到一万岁。千古一帝秦始皇，富可敌国胡雪岩，聪明如老庄，也都有一死。有权有势的人都想长命。嬴政做了皇帝想成仙，派徐福带领500个童男童女东渡去寻长生不老药，可徐福未回，他已与臭鲍鱼同车回咸阳下葬了。

　　在死亡面前，荣华富贵、功名利禄等转眼成空。这就启发我们：人生在世，不必过于看重物质、财富，也不要为虚名所累，要学会看淡生死名利，从容过日子。不少人晚年回顾一生时，常常后悔为追求名声和物质财富而抛弃兴趣和理想，甚至为不择手段追求所谓的世俗成功而感到羞耻。

按死亡的性质来划分，死亡又有正常死亡和非正常死亡。正常的死亡是自然死亡，即由衰老和难以避免的疾病引起的死亡。非正常死亡是由于自然灾害或意外原因引起的本可避免的死亡。由此，便引申出了人们的养生哲学。特别是一些拥有一定物质财富的人，为了延长寿命，事事处处养尊处优。但做什么事都要有个度，身体是拿来用的，而不是拿来养的，保养过了头，人似乎就失去了活着的意义。

马克思主义者以解放全人类为己任，所以其生死观，既认同人生老病死的自然属性，更强调生命的社会属性；人不仅要努力为个体生命而活，更要为他人、为社会、为民族大义而奉献，彰显生命的社会价值。毛泽东主席在《为人民服务》一文中指出："人总是要死的，但死的意义有不同。'或重于泰山，或轻于鸿毛。'为人民利益而死，就比泰山还重；替法西斯卖力，替剥削人民和压迫人民的人去死，就比鸿毛还轻。"这是对马克思主义死亡意义理论和生命价值观最集中、最扼要的评价。所以，我们说，刘胡兰"生的伟大，死的光荣"，张思德、白求恩为人民而死，死得其所；顾顺章、汪精卫背弃人民，遗臭万年。

这些年来，由于市场经济的发展，商品意识的膨胀，社会上出现了一部分精致利己主义者，他们把个人的利益凌驾于他人、集体和民族利益之上，只为自己而活，信奉"各人自扫门前雪，休管他人瓦上霜"。事实上，生命的社会属性和个人属性，是相辅相成的，必须要拿捏好一个度。如果我们过分强调生命的个人属性，而忽略了生命的社会属性，维系社会安稳的能量就会失衡，社会的凝聚力和向心力就会松散。很难想象，一个一盘散沙的民族，一个人人自私自利的社会，怎么能持续发展下去？

　　这次武汉突发新冠肺炎疫情，全国人民不分阶层、无论贫富，把挽救生命作为第一要务，把服务民众作为运作根本，纷纷伸出无私的援手，有的人甚至为了抢救患者，付出了生命的代价。他们是当之无愧的英雄，其功勋必将长留史册，也将永远被我们怀念。

　　当前，在新冠肺炎疫情肆虐全球的紧急时刻，我们国家高扬人类命运共担的旗帜，对世界各国开展了力所能及的援助，我们这种把全人类福祉作为自己担当和责任的做法，得到了世界绝大多数人民的认同，正所谓得道多助，失道寡助。

　　生命是每个人最珍贵的东西，值得自己也值得全人类一起去珍惜。清明时节，在这个死生代代交叠的节点上，希冀每一个尊重生命的人可以更理性、更成熟地对待生命，更多地想想我们该怎么活着。

（原载2020年4月4日《阳江日报》）

再聊聊生死"摆渡"话题

前段时间,笔者一篇关于"死亡观"的文章,引起了不少网友的关注,大家对话题的讨论,意犹未尽,并从不同的视角提出了一些值得探讨的问题。经过学习与思考,笔者想再围绕这个话题谈谈。

诚然,就个体生命而言,世间诸事,以生死为大。每一个人,从娘胎出世呱呱落地,到长大安家立业,再到风烛残年结束生命,都有自己独特的故事。所以说,人生如"摆渡",各有各的摆法,各有各的精彩。

人从出生到死亡,就是一个生命体的存在过程。死亡,由于有着不可逆的严肃性,平日里人们对其有诸多忌讳。比如,我们许多宾馆酒店的房间号要避开"4",车牌选号不愿选"4"。其实,人们对死亡的态度,与不同时期生产力的发展水平密切相关。人类部落最早对死亡的认识,始于对自然现象认知不足所产生的恐惧。

到了春秋战国时期,农耕文明有了一定的基础,中国的思想启蒙开始活跃,出现了"百花齐放,百家争鸣"的局面,传统死亡观基本成型,其中又以儒家的死亡观对后世影响较大。它以伦理道德为核心,主张通过立功、立德来杀身成仁、舍生取义,超越死亡。这种死亡观是入世的、积极的,促使人们为民为国为他人而忠、孝、悌、友。孔子就曾站在岸边望着滚滚东流之水,发出"逝者如斯夫"的感叹,感喟"未知生,焉知死",并推崇把有限的生命放在有意义的事情上,认为思考生比研究死更有价值。

汉代是给国人生死观留下深刻影响的朝代。汉武帝刘彻"罢黜百家，独尊儒术"，儒家思想靠着统治者的推崇，逐步在思想上占据了主导地位，中国上层社会的死亡观念，散发出了政治化的功能。统治者往往从伦理道德的角度去考究死亡，定义死亡的意义和价值。特别是当时匈奴人穷凶极恶的入侵，大汉王朝处在生死存亡的紧要关头，国家更需要思想和治理权力的高度统一与集中，所以，主流文化中突出的是为"集体"而献身的"仁人志士"。那时，整个国家提出了"犯我大汉者，虽远必诛"的口号，涌现了卫青、霍去病、李广等一大批能征善战的名将，成就了一个英雄辈出的时代。而在这种曲折和驳杂的阶级与民族矛盾的交合中，普通老百姓渺小而无助的个体生命，很难得到足够的爱护与尊重，他们只能把希望更多地寄托于来世。加上那些垄断宗教解释权的"劳心者"，添油加醋地塑造出了阎罗殿、地狱等各种关于死后世界的描述，鼓动活着的人要好好遵守道德规范，否则死后将会被打入十八层地狱，永世不得超生。这套麻醉人的说教，虽然客观上对维护社会稳定有很大的作用，但也给当时的中国社会和后世带来了诸多负面的影响。汉代本身就是比较迷信的时代，出现了许多巫蛊事件。

应该说，中国人的死亡观，到了隋唐时期已经相对成熟。时人不大相信死后世界的说法，隋文帝坚决反对存在神仙怪异之类的说辞，唐太宗前期也能把精力集中用在治国安邦方面。

进入近现代以来，生产力的快速发展与对外交往的增加，西方思想相继传入中国，也就有了"输入式"的生死观，其中马克思主义的死亡观，逐渐为中国主流社会所接受。出现这样的情况，有各种复杂的历史原因，正所谓"地理是历史之母"，中国所处的地理人文环境，是一个重要的因素。中国地处亚欧大陆面向太平洋的中纬度封闭地带，这里虽然适合动植物繁衍生息，物种丰富，但由于宜耕面积狭小、旱涝频发，加上受到毗邻游牧民族的冲击，所以唯有抱团实行"大一统"才能生存。从这一点来讲，中华人民共和国建立之前一段比较长时间的历史现实，与大汉王朝前期的生存空间何其相似！马克思主义的死亡观具有鲜明的"我为人人"的集体主义特性，有着中外以往任何死亡观所不能达到的境界，这与中国传统的儒家生死观有着许多共通之处，可谓是"异曲同工"。这种死亡观传入中国之后，与儒家的思想相互融合，迅速找到了成长的土壤。

当然，传统文化今天依然有着历史传递的惯性。儒家除了通过功成名就来面对死亡外，还认同了另一条超越死亡的道路，那就是通过后代的香火延续来实现先辈未竟的愿望，达到光宗耀祖的目标。正如《红楼梦》里的《好了歌》："世人都晓神仙好，惟有功名忘不了；古今将相在何方？荒冢一堆草没了；世人都晓神仙好，只有金银忘不了；终朝只恨聚无多，及到多时眼闭了；世人都晓神仙好，只有娇妻忘不了；君生日日说恩情，君死又随人去了；世人都晓神仙好，只有儿孙忘不了；痴心父母古来多，孝顺儿孙谁见了？"其实，所谓的香火只是一个子虚乌有的东西。考究起来，人类漫长的发展历史，根本不可能存在某一历史族群或某一家族纯基因的传承，如历史上的中国，就出现了多次大规模的民族融合。

也就说，我们今天提出来的人类传承，是对整体人类文明的持续发展而言的。就个体来说，我们必须立足于生而有所作为，同时又坦然面对死亡。死亡和这个物质世界一样，是客观存在的。死亡的意义是推陈出新。人活着需要有生存的时空和消耗各种资源，如果人只有生没有死，地球哪能养活得了？最终只能走向自我毁灭。

由于死亡的不可知性以及世人对死后世界的恐怖渲染，再加上见证临死者的痛苦状态及死后的"狰狞"面目，人们总是对死亡充满可怕的恐惧感。所以，我们的国家应该主动开展死亡观的教育。如何面对死亡，对一个人来说，是一种生活方式；对一个国家来说，是一种生存方式。一个不敢面对死亡的人，是一个没有境界的人；同样，一个不敢面对死亡的民族，是一个没有前途的民族。

从死亡的社会属性来说，人的生命不是只有长度，还应该有宽度与质量。生命的长度可以适当延长，但哪怕你活到了100岁，与宇宙的存在相比，也是微乎其微的，而只有生命的质量可以不断地加密，增加其曾经存在的价值厚重度。提高生命的质量是值得提倡和鼓励的。马克思在《资本论》里简明地把社会主义和共产主义称为"自由人联合体"，这是一种以追求每个人全面而自由的发展为基本原则的理想社会形式。所以，就现阶段社会生产力的发展水平，人活着就要当好生死"摆渡人"，懂得"潇洒走一回"。至于怎样才算"潇洒走一回"？不同身份不同信仰的人，有着不同的追求和活法。对共产党人来说，把有限的一生投入无限的为社会服务中去是自身信仰的要求。如果是凡夫俗子，无法做到崇高与伟大，一辈子安分守己好好地活出自我，也是一种最起码的生活态度。因为只有大家都做到这一点，社会才有和谐与进步可言。

更明确地说，我们强调生命的社会属性、追求生存的崇高，并不排斥生命的个人属性和死亡的平凡。事实上，生命首先属于个人，生命是每个人最宝贵的财富，如果一个人没有对他人和社会造成危害，我们就没有理由去剥夺他的自由乃至生命。

这些年来，我们欣喜地看到，以人为本、尊重生命的思想正在深入人心，成为许多人的"初心"。"国之大事，在祀与戎。"今年清明节，我们以国之名祭奠，向在这场新冠肺炎疫情中不幸罹难的人们致以最沉痛哀悼，让我们看到了国家对个体尊严与生命的尊重与敬畏，也彰显了14亿人民集体情感释放背后的巨大民族凝聚力。

新世纪的第二个十年已经启航，愿我们的国家不断走向富强文明，愿我们每一个人都能体面、尊严与幸福地活着。

（原载2020年4月26日《阳江日报》）

万里关山月长明

关山月，原名泽霈，是从阳江走出的国画大师、岭南画派的代表人物之一。对阳江来说，关山月已经成为特定的文化符号，形成了特有的文化现象。

文化是一个地方最宝贵的核心竞争力，正所谓旅游定品位，文化论输赢。人类发展的车轮滚滚向前，历史留下最珍贵的东西就是文化。刘勰在《文心雕龙》里说："心生而言立，言立而文明，自然之道也。"意思就是说，人法地，地法天，天法道，道法自然，圣人之所以伟大，就是秉承天地自然之道，以文行教化。魏晋时期，曹丕说"文章，经国之大业，不朽之盛事"。唐代大诗人杜少陵说"文章千古事"。文化的影响力是久远而深入人心的。由关山月和傅抱石合作完成、毛泽东主席题句"江山如此多娇"，并悬挂在人民大会堂的巨幅画作，阳江人引以为荣、家喻户晓。在阳江，众人以拥有关山月的字画为幸事。鉴于这位画坛巨匠取得的成就，阳江籍诗人阮退之饶有兴致地赋诗曰："一水阳江才百里，有君为画我为诗。"关山月每次作画落款时，也都喜欢题上"漠阳关山月"几个字，足见故土在关老先生心中的分量。

为什么粤西小城能走出关山月先生这样的画坛大家？我想，这里有其必然性。阳江地处南海之滨，物华天宝，人杰地灵。早在16000多年前，漠阳江流域就有古人类在活动，而据《汉书》记载，西汉元鼎六年（公元前111年）已置高凉县，治所就设于阳江。在漫长的岁月长河里，我们勤劳智慧的祖先，将中原文化、海洋文化、广府文化、客家文化、华侨文化等融合升华，创造出独具特色的岭南文化分支——漠阳海丝文化，在历史长河中涌现出了巾帼英雄冼夫人、诗坛骄子谭敬昭、书法名家邓琳、辛亥英烈李萁、"南国诗人"阮退之、油画大家苏天赐、书法家黄云、人民音乐家何士德等一批优秀历史文化名人。在这里，我要特别提一下两个人。一个是冼夫人，这位奇女子，一生致力于国家的统一和民族的团结，保证了社会的和平稳定，促进了岭南地区的经济发展。她以国家为重、以人民为本的家国情怀代代相传。另一个是"两阳县长"李伯振，我研究阳江的历史，惊喜地发现了一个现象，也就是阳江相对集中地在20世纪20—40年代，有一大批人才考入国家的高等学府而崭露头角，并终有大成，这应当与李伯振在家乡大兴尊师重教之风有关。漠阳江流域地处亚热带滨海位置，壮丽的河山、秀美的景色，对漠阳人文化心理及审美趣味产生了深远的影响。独特的地理环境，孕育了古朴深厚、豁达包容、奋发进取的漠阳文化。20世纪能从漠阳大地走出一位艺术才子关山月也并非偶然，正是漠阳大地这种悠久的历史文化底蕴，独特的文化氛围，孕育出了这样一位"著名国画大师""岭南画派代表人物""人民艺术家"。

  当然，关山月的成长和文化现象的形成，也有其偶然性，离不开个人的勤奋与努力。这段时间，我读了一些纪念关老的文章，很受教育和启发。关老能取得这样的成就，离不开他一生对书画艺术的勤谨。正如他自己所说："我对我的艺术事业是一心一意的，除了工作外，不论在吃饭还是睡觉，我都想着我所从事的专业，我从来没有浪费过我的时间，因为时间就是生命，珍惜时间就是珍惜生命。"自1928年小学毕业考入阳江县立师范学校（阳江职业技术学院前身），有专业美术老师指导绘画，到1935年得到岭南画派主要创始人高剑父的赏识，成为高剑父的入室弟子，直至 2000 年 7 月仙逝，70 多年来关山月一直孜孜不倦追求绘画艺术的最高境界。

关山月文化现象的形成，离不开他关于"生活是艺术创作的唯一源泉"的执着追求。怎样画画？关山月在他的第二部写生集《南洋旅行写生选》（1948 年）自序中明确地提到，"动和画是一体的""不动，我便没有画""不受大地的刺激我便没有画"。"动"和"画"的关系，说到底就是生活与艺术的关系。他强调，生活与艺术，是源与流的关系，生活是艺术创作的源泉。关山月还在《我的实践经历》一文中指出："没有生活的基础，何来'以形写神''借景抒情'呢？画面的景物是具体的，情意是抽象的，没有具象就没有抽象。"为了深入生活，关山月立志行万里路，师法大自然。1940 年至 1947 年间，他辗转韶关、桂林、贵阳、昆明、重庆、成都、西安、兰州、青海，走遍了大西南和大西北，还远涉南洋。这段时间，他看到过北方的冰天雪地，看到过西北的大沙漠，也看到广阔无边的大海。通过体验和写生，他大开眼界，亲身感受到祖国的河山是那样秀美、那样诱人、那样富有魅力，让他的创作激情在旷远的天空翱翔。关山月在文中说："有生活的体验才有形象反馈的创作本钱，这与有米才能煮成饭的道理一样。"有时候，单创作一幅画，关山月就要走不少地方。比如《绿色长城》，他于 1971 年、1972 年到了茂名、罗定、闸坡和电白，1973 年和 1974 年，他又先后三次到过湛江地区的南海公社和南三岛，前后做了深入的调查访问，并与当地群众和民兵同吃、同住，长期观察和体验，这才开始下笔。著名画家徐悲鸿先生，在为关山月的《纪游画集》作序时写道："抗战期间，吾识之于昆明，即惊其才情不凡，关君旅游塞外，出玉门、望天山，生活于中央亚细亚者颇久，以红棉巨榕乡人而抵平沙万里之境，天苍苍，地黄黄，风吹草动见牛羊，陶醉于心，尽力挥写，又游敦煌，探古艺宝库，捆载至重庆展览，更觉其风格大变，造诣愈高，信乎善学者之行万里路获益深也。"

关山月文化现象的形成，离不开他一贯坚持现实主义的创作方法。无论是哪个时代，关山月均画出了一系列反映现实的作品，在传统笔墨形式下，修水库、挖煤矿这些以往中国画很少出现的内容他都一一尝试。一样是漓江景色，关山月创作了两幅作品，一幅是《漓江百里图》，一幅是《漓江百里春》。前者创作于抗战期间的1941年，后者创作于改革开放后的1991年。关山月说："虽然同样是漓江，但时代变了，江山旧貌换新颜了，也由于主观感受大不一样，理所当然的艺术风格也就产生了变化。"他适时地把握住了时代的脉搏，在写生的基础上探索出适合新内容的表现形式，突破传统题材的束缚，在内容方面做出积极的探索，让中国画得到新生。无论是"不动，我便没有画"抑或是"古为今用，洋为中用"，还是"笔墨当随时代"，这些艺术观点都是统一的，即深入生活中去创作，带着饱满的感情，将生活变成艺术，创作出合乎艺术规律的作品。著名作家秦牧先生，说自己特别喜爱关山月的山水画："层峦叠嶂、气象雄浑的佳作，看那高山大岭，峻峭幽深，万木竞秀，烟雾茫茫，集雄奇与修理、壮阔与细腻于一体的画幅，不仅使人宛如亲临其境，感到胸怀大舒，是一种高度的美的享受，而且也是一种精神的激励。"（秦牧《关山月的生活和艺术道路》）

关山月文化现象的形成，离不开他一生对绘画探索的创新思想。关山月十分推崇石涛的"笔墨当随时代"创作理念，深受岭南画派创始人之一高剑父"中国画要创新"的教诲与启迪，他一直坚持以人民为中心的创作风格，一生从未停止过探索和追求，创作出的作品与时俱进，很接地气，给人耳目一新的感觉。他认为："现实生活是丰富多彩的，反映生活的艺术怎能够千篇一律呢？"关山月小时候就临摹过整本的《芥子园画谱》，作为高剑父的入室弟子，他所浏览临摹的古代绘画作品当然不在少数，不能不受传统画风的影响，但他从小就以写生为主，懂得"师造化"的价值，倡导古人走他们的路，我们也要走好自己的路、开创自己的路。

关山月文化现象的形成，离不开他对书画技法的教学传授。关山月是一位杰出的美术教育家。他在长期的教学实践中摸索出了一套独特而卓有成效的教学方法。针对中西绘画不同体系的争论，关山月提出必须建立中国画自己的造型基础课教学体系。他提倡摹写、写生、速写、默写的基本训练方法，以达到古为今用、洋为中用，承前启后、继往开来的目的。他坚持严格要求学生用毛笔直接写生画白描，就是其中之一。因为毛笔与铅笔不同，错了不能改，必须想好想准才能下笔，长期坚持，能练就下笔就准的扎实功夫。很多学生都尝到了这"一笔之功"的甜头，而对关老师充满了感激之情。关山月的创作与家国情怀结合在一起，把满腔热情撒向了家乡及祖国大好河山，推动了漠阳大地绘画的群众性创作，每年从阳江走出去的绘画学子一大批，为国家输送了一批又一批的美术人才。他培育的学生，很多都已成为当今美术界的中坚。关山月还重视"教学相长"的经验总结，重视中国画的理论研究，他先后在报刊发表了《论国画的现实主义》《有关中国画基本训练的几个问题》《谈国画的继承问题》等论文，提出了许多独到的观点，对如何建立中国画新的教学体系，如何继承和发扬中国画的优良传统等，起到重要的启迪和倡导作用。关山月始终牵挂着家乡的教育发展，多次为家乡的教育事业捐钱捐画。1989年，阳江市第一中学建校80周年，他欣然按照父老乡亲的请求，为学校题写校名，并写信勉励师生努力工作和学习，把家乡建设好。

如何擦亮关山月文化品牌，光大阳江关山月文化？党的十九大报告明确提出："文化是一个国家、一个民族的灵魂。文化兴则国运兴，文化强则民族强。没有高度的文化自信，没有文化的繁荣兴盛，就没有中华民族伟大复兴……"一个国家和民族有了优秀文化，才有生命力和创造力。同样，一座城市有了文化自信和文化认同，才会有蓬勃发展的底气和定力，市民才会有强烈的归属感、获得感和幸福感，才能留得住乡愁，守护共同的精神家园。

"莫道黄沙边塞远，关山月色照千秋。"关山月先生是中国当代国画大师、岭南画派第二代重要代表人物，亦是杰出的美术教育家，关山月文化现象已经成为阳江一道亮丽的文化风景线。在新时代，能够展现阳江文明、树立阳江形象、提高阳江美誉度，就是强烈的文化自觉与文化自信的表现。今年是关山月先生诞辰108周年，在这个时间节点举办这次活动，目的就是通过对关山月文化现象的总结、保护、传承、光大，更加坚定习近平总书记提出的"文化自信"，进一步擦亮阳江的文化品牌，切实增强漠阳文化精神的影响力。今年10月12日，习总书记到潮州古城考察时，就非常注重了解当地历史文化街区保护等情况。他强调，潮州是一座有着悠久历史的文化名城，潮汕文化是岭南文化的重要组成部分，是中华文化的重要支脉。潮绣、潮雕、潮塑、潮剧以及潮州菜、工夫茶等都是中华文化的瑰宝，弥足珍贵，实属难得。我们爱这个城市，就要呵护好她、建设好她。

同样，阳江也是一座有着悠久历史的文化名城，漠阳文化也是岭南文化的重要组成部分，是中华文化的重要支脉，而关山月文化现象就是现当代漠阳文化繁荣发展的集中体现。报社与江城区委区政府早在去年底就谋划举办这场研讨会，碰巧与习近平总书记到潮州考察的重点一样，我们大力倡导注重做好地方优秀传统文化的保护、传承与光大。关山月是阳江最具影响力、最值得珍视的一张文化名片，我们要想好好地传承他的精神，将这张名片擦得更亮，就要深入挖掘关山月的成长历程及足迹，以及关山月深切的家国情怀。

我们应该定期举办关山月文化现象研讨会，通过深入挖掘关山月文化现象，传承与光大关山月文化精神，推动阳江书画群众性创作与专业性创作相得益彰，提升档次。要以我市正在创建国家级、省级全域旅游示范区为契机，将关山月故居纳入市全域旅游示范区，申请省文化专项资金对关山月故居进行修缮，进一步加强对关老故居文化资源的挖掘、保护和利用，本着在保护中开发、在开发中保护、重在保护的原则，加大包装宣传力度，将其打造成知名的文化旅游景点。要寻求深圳市关山月美术馆、岭南画派纪念馆、广州艺博院，以及陈章绩、关怡夫妇等的大力支持，在阳江举办关山月画展，让更多阳江人、更多有志于攀登书画艺术高峰的阳江学子近距离观赏到关山月的画作，感受关山月几十年如一日的书画创作历程，铭记关山月对中国当代书画艺术的贡献，激发大家对绘画的热爱，学习他创作艺术的自强不息精神、爱国爱家乡的高尚情操，奋力建设漠阳大地的美好家园。

（该文为2020年10月22日在纪念关山月108周年诞辰暨关山月文化现象研讨会上的发言）

金山湖畔听蝉鸣

金山湖畔，阳江日报社周边蝉声奏响，此起彼伏，又是一个浓烈的夏天。

时光从未放慢前进的脚步，不知不觉，我在报社工作已经五度春秋。许多往事，已成心底最深刻的记忆。

此前，我在市委政研室工作，名为主任，实则领着身边的一群伙伴，以文为活，常常为起草一份材料而煞费苦心，甚至折腾到天亮。在此前，挪着艰难的步履，踩着沧桑的泥土，在乡镇干部、党校教员、社科联机关的职场里，风里来，雨里去。再往此前，执念于老祖宗传下来的励志故事，在求学路上坚韧前行……

一天天，一年年，时间悄悄流逝，带走了稚嫩的容颜，磨平了虚荣的心气。回首过往，曾经年少痴狂，率性地拼搏，对诸如思维方法、行为模式等，都放在磨刀石上磨了又磨。

然而，自恋自怜成了自怨自艾，才发觉诗与远方只是风景，人生不如意的事情十之八九。

这个时候，刚好碰上报社的主要负责人要调岗，市委的领导找我谈话，说我是接任人选，问我愿不愿意前往。

一夜折腾，一夜纠结。在先哲时空的记忆中翻箱倒柜，想到历史烟云散尽处，秦砖汉瓦终成土，自然内心也就春暖花开，看开了许多。虽然搞媒体也是一份苦差事，但考虑到多一个平台锻炼，人生起码会多一份长进。况且，人到中年，心安即是归处，节制自己的浮想联翩，把心安顿，未尝不是一件大好事。

2015年4月30日下午，在一个荔枝将熟未熟的暮春，我来到金山湖畔，正式报到上任。当着组织部领导和众人的面，我自信地许下到报社工作的"三心"承诺，即是以平常之心对待名与利、以敬畏之心对待权与责、以真诚之心对待同事和受众。

人只要打开心灵的另一扇窗户，就会投进一束明亮的阳光。我的坦诚率真，赢得了众多的信任和支持。我自知到报社不可能做出惊天动地的事业，但如古人所说"勿以善小而不为"，大事做不了，小事总可以做点吧！我决定放开手脚，脚踏实地干点"功成不必在我"的事情。

平时涉猎史志的好处，是知道战略决策的宝贵。诸葛亮乃三国时期的大智者，虽然很多人认可他的"隆中对"，但其却因战略的重大失误，导致了蜀国的最后败亡。毛泽东主席对此曾经有过精彩点评："其始误于《隆中对》，千里之遥而二分兵力，其终则关羽、刘备、诸葛三分兵力，安得不败？"历史的经典案例告诫我们，比起其他方面的舍得，在决策方面的资源投入，更具有性价比。

我到报社工作后，暗暗给自己下了个死命令——作为领导，一定要把控好自己，要慎思慎权，不能在重大决策方面有闪失。我迅速调适角色，磨炼自己消化媒体资讯的功力，深入研读新闻史，研究新媒体语境和发展路径依赖。

穿越到5年前的那个荔熟蝉鸣的夏天，我肩上的担子可谓异常沉重，既要抓日常工作，又要腾出时间赴各地学习，借此理清发展规划的轮廓和风险可控的边界。在暨南大学博士生导师范以锦教授等的帮助下，我们集思广益，终于有了《阳江日报》创刊以来的首个发展规划——《阳江报业"十三五"发展规划》。

有了顶层设计的"施工图"，成败的关键就在于执行。作为社长并兼了4年7个月的总编辑，我的置顶任务就是政治把关，确保舆论导向正确无误，唱响主旋律，传播正能量。一年365天，每晚都要把好三审最后一道关，而且往往需要凌晨一两点才能结束战斗。有时遇到重大活动、台风暴雨等灾害天气需要等稿件，甚至要通宵达旦。

在这些如履薄冰的日子里，我和班子一班人，还有老编辑郑荣新、张文兵、苏小琳、黄庆、项劲、梁卓超、刘立新等，因工作关系结下了深厚的情谊，大家相互扶持，可说是辛苦但快乐着。小可、荣新、文兵等几位同事和我一起深夜把关、字斟句酌打磨稿子的情景，历历如在眼前。

记得有一次，向印刷厂传输完所有的版面，已经是半夜1点多钟。郑老（指郑荣新，因为其当了多年编辑，加上工作较真，一副"老学究"的派头，同事间都喜欢称他为"郑老"）收拾完东西，准备"收档"之时，最后在电脑上浏览了一下新华社来稿的页面，发现刚刚发来了一条重大消息稿。他赶紧叫住了众人，经过集体评判，大家觉得有必要尽快入稿，让信息当天见报。于是，大家又重新工作，调整版面，更换内容。像这样的情况，大家都习以为常了。

这些年里，中秋、春节等几个法定的假期或政治任务紧要的关头，也就成了我和小可等几位同志坚守报社的日子。我们奔走在采访第一线，守护在编辑的平台上，不为别的，只为让外地的同事能回家乡与亲人团聚。记得党的十九大召开期间，我连续14天与值班的同志一起战斗，每天都是凌晨三四点甚至五六点才完成编审工作，成了地地道道的"风雨夜归人"。有好几次，完成工作走出报社大楼时，金山湖畔四周静寂，月亮尚未落下去，天边已现鱼肚白。

选题会是我们难以忘怀的记忆。每周一大家都会对上周的稿件进行点评，然后对本周提出的选题进行筛选。有时，为了确定一个好的选题，大家时而书生意气，争得面红耳赤，时而平心静气，和好如初。当然，对一些我们未可预知的选题，就要靠随机应变。往往这个时候，我既当指挥员来统筹协调，又主动当战斗员赴一线参加采写。2016年6月23日，阳江籍中国科学院院士曾庆存获得"第61届国际气象组织奖"，我迅速和曾院士的家人取得联系，并带着黄娟娟、李向东、朱超鹏和李凯去北京采访。2020年1月17日，曾院士获得2019年度国家最高科学技术奖后，我又带着费先霞、梁文栋跟随市慰问团赴京采访。当曾院士通过视频，用充满浓情厚谊的家乡话给阳江乡亲拜年的时候，我们采访组和受众一样，自豪之情油然而生。

在当前各方利益博弈的环境下，要做好舆论监督报道，对报社来说，可不是小儿科的事情。这几年我们顶住各种阻力，对房地产企业坑骗住户、克扣农民工工资等典型案例进行跟踪报道，让公平正义的旗帜在城市的上空高高飘扬，赢得了群众的好评与拥护。

经营好一份事业，需要精细盘算和精心运作。面对社交媒体的冲击，我们见招拆招，大胆改革薪酬绩效考核办法，以项目质量与工作成果倒逼工作效率；并对报社下属的经营性公司，进行企业化法人模式治理改制，推动内部营运结算。好机制如同磁力泵，报人的热情和动力被激发出来，国有资产连年增值，报社的发展有了厚植的根系。

外行看热闹，内行看门道。面对众口难调的融媒时代，报、网、端、微等终端融合，促成了我们一次采集、多次生成新闻生产传播格局的横空出世。一个个可视、动态、多维的全介质传播成为现实。市民群众一机在手，便可"通览"阳江的新闻资讯。

全媒体时代，造就了全媒体的人。今年初，面对汹涌而来的新冠肺炎疫情，通晓各种媒体技艺的阳江日报人，奔赴疫情防控第一线，用手中的笔、话筒和镜头，记录阳江疫情防控的真实场景。一篇篇客观理性的新闻全网推送，缓解了大家的焦虑，坚定了市民战胜疫情的信心。

扛起社会责任，给前行者予能量，是党媒的荣光。这些年来，阳江日报人主动作为，自筹资金，坚持每年不遗余力地做成几件有意义的事。乡土文丛"阳江记忆"，《百年阳江》系列微纪录片之《年味》篇和《漆艺》篇，语言学家黄伯荣教授遗著《广东阳江方言研究》，一本本、一集集相继出版或上演。与市作协合作的《砥砺奋进三十年获奖征文作品集》等阳江文化丛书、与市红十字会发起的"圆梦有我"公益基金项目，都受到社会各界的赞许。以丰富百姓精神生活为目的的"漠阳传媒大讲堂"，持续开讲。集书画艺术创作、对外交流、专业收藏功能于一体的半亩书画院，在民众的点赞声中开馆。多年的耕耘，多年的汗水，终于收获仓廪充实的喜悦。

人贵在齐心。自尊自信自我抱团，让阳江日报人活力四射。报社先后开展了三届职工运动会和两届读者活动周。运动场上，为争取多进一分球，大家你追我赶；演出舞台上，自编自导的节目异彩纷呈，台下的掌声如雷，一个充满"狼性"充满互助精神的团队，昭示着报社的事业正生机无限。

作为领头羊，我深知自己的职责所在，更深信艰难困苦、玉汝于成。为了提高自身的修为，让自己成长进步，我强迫自己每年坚持至少写5万字的文稿，读不少于10本书。奔走于万家灯火间，深沉的土地，坚韧的众生，再辛苦再艰难，也始终不能抑制我的激情，一篇篇采访老党员、创业者、扶贫干部等方面的稿子不时见诸报端。每当节假日，我躲进金园路128号九楼的办公室，潜心阅读。曹丕的"文章，经世之伟业，不朽之盛事也"，季羡林老先生说的"人生最大的意义在于传承文化"等话语，被一页一页地翻过来，身上也就沾染了些书卷气。

特别是在炎热的夏天，打开空调，关上窗户，跟室外喧嚣纷乱的物质世界做个切割，把身心安放在读书写作的精神世界里，内心充满了快意。

写到这里，遥望窗外，烈日当空。金山湖边，凤凰花开，蝉鸣阵阵。放眼湖面，鱼儿跃腾，水波涟漪，蛙鸣声声。面对这纷至沓来的外界声音，我并不感到迷茫和焦虑，反而从容不迫地萌生了一种"蝉噪林逾静，鸟鸣山更幽"的感受。此刻，我深深感悟到，如果说，人生是一次不断选择的旅程，我们无须为世俗所裹挟，而应当勇敢地去追逐理想与乐趣，那么当阅尽人生沧桑，洗尽岁月铅华，最终留下的，就是一片属于自己的独一无二的风景。

（原载2020年由阳江日报社编辑出版的《行走阳江》一书）

大时代里的诗风与诗人

2016年夏秋之际,省作家协会组织部分作家到阳江调研采风,诗人李京平以《一入阳江遍地诗》一诗,描述其对阳江的总体观感。与其说这是对阳江山清水秀、山海兼优区位地理环境的赞美,倒不如说是对阳江诗人的鼓励与鞭策。在阳江,不少人不仅热爱古体诗词,而且喜欢写近体诗词。新诗写作更是一抹亮色,有好几位诗人在全国享有一定的知名度。

30年前,我有过诗歌创作的经历。那时,少年不识愁,只凭所见所闻,有感而发,随意而为,算不上一个合格的诗人。但对诗歌的兴趣与关注,自此就没停歇过。

作为一位资深媒体人,职责之所在,应该对目前阳江诗歌创作的现状和水准,有一个比较清醒的认知和评估,然后才能思考如何尽可能多地为大家提供一些力所能及的服务,为推动诗歌创作做一些实实在在的事情。

人类从混沌中走来,渴望交流,这是语言的起源。我国著名书法家欧阳中石先生说:"文以载道,书以焕彩。"这是语言和书法的功能。我认为,书诗同源,诗歌同样具有这方面的功能。面对大千世界,人类与万物为伍,内心产生感应,破空而来,绝尘而去。虽然,广义来说,很难给诗下个定义,但可以理解为文象(高度凝练)+心象(动之以情)+物象(绘之以笔)=诗(结合体),也就是说,凡凝练,有情而美的文字就是诗。诗歌一定要讲究有感而发,所谓在心为志,发言为诗。

现代诗又称白话诗,发端于清末,盛行于"五四"运动以后，如中国现代社会一般，受外族文化干预，推崇象征、意识流。与古典诗歌相比较，现代诗虽也强调有感而作，但一般不拘泥于格式和韵律，写作更加奔放自由，意涵更加丰富多变，意象的经营往往重于对修辞的运用，追求直白陈述，渲染主题。

我曾就阳江诗歌创作的状况，与著名的阳江籍诗人、学者林贤治先生进行面对面的交流，颇得收获。确实，阳江的诗人不少，写过许多有质量有影响的诗。他们的作品，除了在《阳江日报》副刊登载，更多在《蓝鲨》诗刊发表。

《蓝鲨》创刊于2006年，是阳江诗歌学会主办的纯诗歌刊物，每年坚持出版两期，公开向全国的诗词爱好者征稿。十几年来，通过《蓝鲨》这个开放平台的积聚和推波助澜，阳江逐渐形成了一个地方性诗歌群落，涌现了不少优秀诗人和诗歌作品。阳江诗人在国家级、省级数十种报刊发表了大量的诗歌、诗评作品。2020年1月，在第六届中国诗歌春晚上，《蓝鲨》诗刊获得"十佳微信公众号暨诗刊"的荣誉。在2020年底的《中国诗界》首届"新时代·鲁迅诗歌奖"评选会上，阳江市诗歌学会被授予"十佳诗歌社团奖"。

透过作品来解构创作的实质，我觉得，阳江诗歌的创作，还是可圈可点，有些特点的。

首先是同质化时代的个性化写作不少。进入规则化模块化的新时代，同质化已成为当今社会的普遍现象，连同文学作品，都可以你模仿我，我模仿你，如同在流水线上生产。幸运的是，我市的作者比较早地注意到了这个问题，出现了不少个性化的创作。陈计会、张牛、项劲、黄昌成、王洁玲、杨勇、萧业柱、容浩、何春燕、陈晓君的诗，都给我留下了深刻的印象。如陈计会的诗就很有个人特质，他喜欢从自己的角度出发，进行大叙事。《海陵岛》从"一个沉落水底的朝代"到一座城市的崛起，《与众友穿越云浮》从六祖的梵音到抗战的马蹄、内战的硝烟、土改的断砖，《珠江史》从坛经、利玛窦、太平天国、黄花岗再到今日，繁复铺陈，力求写出一种辽阔苍莽之美，对历史的慨叹中，内蕴许多对当下的质询与希冀。

其次是体现浓厚的地方特色和区域风格。由于地理空间限制和受地域的影响，诗歌往往具有比较浓厚的地方特色。一般来说，北方的诗人相对比较奔放、豪迈，南方的诗人相对比较温润、艳丽。阳江作为亚热带一方水乡，自然界的温顺，动植物的柔软性，加上阳江民俗风情多姿多彩，文化多元，造就一方诗风的浪漫与婉约。如项劲的诗就表现得较为明显。"宝贝，我听见半空中／羽毛轻响，你已推门而入／惊醒二楼的灯火／就好像风从湖面上拂起／好像一些半夜里起来的花／眨眨眼睛，就绽放了。"（《怀念父亲》）"女儿红，女儿红／春风沉醉的夜晚／梦的桨摇进小桥流水／我起身穿过酒香／遥听浣溪沙陌上桑声声慢拍／一笑之间鬓角轻染霜花。"（《女儿红》）

再次是对原生态写作的返璞归真。随着互联网和移动互联网技术的迅猛发展，当下诗歌的碎片化写作以及快餐式消费，已进入一个疯狂的时代。这样的写作本无可厚非，因为它增加了重回诗性流溢、诗情澎湃时代的可能，但由于其脱离了情感的真实，远离了生命的痛点，疏离了人性的光辉，缥缈无边，很难让人记得住"情愁"。所以，回归自然之情，已经成为时代的千呼万唤。阳江一些诗人在这方面煞费苦心，虔诚地进行了"回归"式探索。如张牛的诗歌，就有很多关于自然界的断片感受，诗意中常夹带平常事的思绪，总能让人受到某种启发。"红树林的墨绿蹚开了冬日千里的荒凉／许多事物裸露出肩胛骨，酸痛杂陈于野／头颅忘却了修饰，枯草渗入土里／鹭鸟长着风的羽翼，嗓子犹在天籁／堤坝阻断海与河汊的沟通／湿地隆起／渴望啄食了受损的船体，吻别海的生动／日落倒灌晕眩的水，扯亮了清澈／而息的一把黑色幽默了真相，沉默无边。"（《冬在红木山》）

　　阳江诗歌创作在探索中取得了有目共睹的成绩，但也出现了一些明显的不足与缺陷，包括新时代重大题材创作表现不尽人意，特别是主旋律和重大题材创作不多，这是一个值得深刻反思的问题。任何时期，诗歌都要"接地气"。记录时代、反映时代、讴歌时代，这是对新时代诗歌创作者的要求和期待。同时，在阳江诗坛，诗歌创作同质化、消遣化同样存在，具有社会功能的作品不多，缺乏对现实生活和时代的深度回应，个别诗人或读者认为诗歌创作就是自娱自乐，忽视了其社会价值。还有创新不够的问题。满足于吟咏小桥流水、风花雪月，技能不高，迷恋"花拳秀腿"，恣意做语言的消费。有的诗人片面追求个性化写作，语言生冷，层次低下，缺少思想深度，等等。

　　面对瓶颈，我们如何破局？站在地方主流媒体的立场来看，要把诗歌创作质量的提升，当作"建设海丝文化名城"的重要内容来研究，投入必要的人财物力，为大家提供更多更大的平台；要加强探索与交流，提高创作技巧，创新创作模式，以解决诗歌创作的"瓶颈问题"，让整个创作有一个质的提升。

　　从创作诗歌者个人角度看，要有大格局和大情怀，勇于在一个大时代里，做一名大诗人，以现代的眼光和写作意识深入现实生活，选取震撼内心的题材，展现大气象。要以审美意识宏观化的提高、诗歌视野的拓宽、主旋律的强化、反刍式的自我审视和实验性的写作精神来破解难题，创作出更多有思想气质、道德修养，以及拥有生活内容，无愧于这个时代的优秀诗作。

（该文为 2020 年 12 月 28 日在"回顾与前瞻"阳江诗歌研讨会上的发言）

后 记

　　这本集子，除了少数几篇外，大部分是我近年来发表于报刊的文章。

　　几十年形成的读书写作习惯，已经成为我的一种嗜好。任阳江日报社长、总编辑的5年多时间里，尽管公务缠身，我仍然坚持用手中的笔，记录自己的所思所感、记录这个时代的足迹。

　　在这些日子里，阳江人民正在全力推进"海丝文化名城"的建设。作为党报和地方主流媒体，理所当然要担当起"兴文化"的重任。我们报社与市作家协会，每年都要联合组织开展一系列采风、文艺创作交流活动。在这个过程中，我们的团队与市作协林迎主席的团队，互相勉励、互相支持、互相帮助，尽可能为推动地方的文学创作繁荣贡献力量。我们的行动，得到了著名作家章以武、熊育群、陈伯坚等老师的指导和帮助，他们多次抽空做客我们面向公众开放的"漠阳传媒大讲堂"，悉心传授创作心得与体会，鼓励我们扬长避短，创作出各具特色的文学作品。

　　前辈们的指点，更加坚定了我的信念。我一向坚持写作要有感而发，要有创作冲动与自己的风格，要注重思想和真情实感。所以，我的作品，比如写获得2019年国家最高科学技术奖的曾庆存院士、写全国著名语言学家黄伯荣教授的文章，力求运用写实的手法，靠人物本身真切的家国情怀，戳中读者内心深处最柔软的部位，有幸引起了众多文友的共鸣，被多个平台转发，在网络上有较高的阅读和点评量。

阳江享有"文化之乡"的美誉，走出了许多文化名人，包括著名的书画家、诗人、作家等。为了让读者对阳江的人文风貌有一个大致的了解，我把几次参加研讨会的发言，也整理成文章，收入了集子。还有几篇文章，见报时是以通讯或者杂评的形式出现的，梁小可、张文兵、费先霞、刘云鹏等几位同事也参与了采访与写稿，出版时，我将其改写成了散文。

在这本集子出版过程中，章以武老师百忙中抽出时间作序，梁小可、张文兵、梁俏等同志帮助进行了初校，谢国瑞同志进行了排版设计。在此，对大家的支持和帮助，一并深表感谢。

黄仁兴

2021年2月16日